코발트 블루빛 꿈이
영원히 녹슬지 않기를 — Co
푸르게 빛나는 ESTP의 세계에서
서해나———

♡종종 같이 걸어요!
기조영 ;

현실의 수호자, ISTJ님들
우리 인생을 좀 더 느긋하게 즐겨요♡
서유미.

ENFJ의 사랑을 담아
ENTJ의 정의를 담아

수진♡

하나만 하지 않는 ISTP 여러분,
우리 가지가지 하면서 살아요!
서 장 원

저는
MBTI
잘 몰라서…

차례

기준영

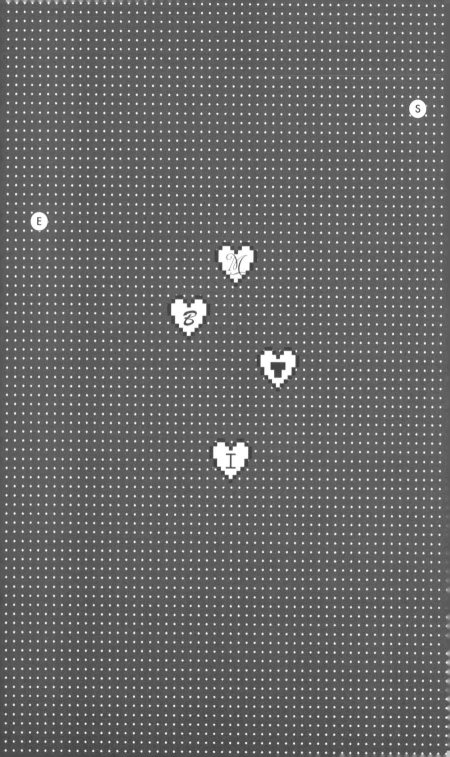

곽수산나와 경우의수

은수와 그 집을 방문했던 날을 기억한다. 하오테크의 라이브커머스 방송이 실시간 조회 수 11만 건을 기록한 날이었다. 방송 시작 2분 만에 한정 판매분 200대의 공기청정기가 매진됐는데, 은수가 그중 한 대를 샀다. 내가 카페 화장실에서 잠깐 손을 씻고 나온 사이에.

"충동구매 좀 멈춰."

내가 고개를 절레절레 흔들자 은수는 "충동 아니야" 하고 정색했다.

"수산나야, 이건 필터링과 항균 탈취 기능이 향상된 버전이야. 지금 작업실에 있는 거랑은 달라. 절전 모드가 있고, 소음도 적어."

"작업실에 놓게? 너 요새 거기 잘 가지도 않잖아. 거봐, 그냥 지른 거네."

나는 은수가 그즈음 어떤 명상센터에서 운영하는 고가의 명상 프로그램에 등록했다가 센터의 여러 직원과 이야기

9

를 나눠가며 어렵사리 취소했다는 걸 알고 있었다. 그러니 이 ⓢ
번에는 쓴소리를 한번 해야겠다 싶었다.

"은수야, 불안할 때는 쫓기듯 뭘 결정하지 마. 널 부추기
는 목소리들에 일일이 반응하지 마. 헛수고를 예약하지 마."

ⓔ 은수는 찬물 세례라도 받은 사람처럼 눈을 감고 내게서
고개를 돌리더니, 이내 미소를 되찾았다.

"수산나야, 그래서 말인데……."

나는 은수를 좋아했지만, 이 우정에도 일종의 사각지대
는 있었다. 은수의 장점들이 영향력을 잃고 희미해지는 구간.
은수는 일이 뜻대로 굴러가지 않는 듯싶으면 때로 사고의 회
로가 엉켜 즉흥적으로 행동했다. 덜컥 뭘 구매하거나 내다 버
리는가 하면, 불필요한 정보들을 수집해 가며 어디로든 튀어
나갈 태세가 되었다. 만일 다른 사람이 내 앞에서 그런 모습을
보였다면 나는 깔끔하게 돌아서서 재빨리 멀어졌을 것이다.
하지만 은수에게는 냉정해지기 어려운 면이 있었다. 그는 평
소 섬세하고 배려심이 많은 편이었고, 말투나 동작이 아주 부
드러웠다. 기본 성정이 다정하고 반듯한 데다 드물게 예쁘장
한 외모를 지닌 남자였다. 그래서 나는 우리 사이의 사각지대,
그 마의 구간과 그럭저럭 잘 어우러져 지내는 법을 터득해 가
기로 마음먹었다. 사람들은 자기에게 없는 면을 지닌 이성에
게 끌린다고들 하는데, 나는 내 이런 욕구를 연애 감정과 헷갈

리지는 않았다.

"아버지 친구 중에 좀 특이한 분이 계셔."

은수가 한 손으로 이마를 비비적대고는 덧붙였다. "날 보고 싶으시대."

"갑자기?"

"집으로 오라셔서 가겠다고 했어. 이따 오후에."

이어 그는 속내를 털어놓았다.

"같이 가서 내가 바보짓하거든 좀 말려줄래? 난 요새 우리 아버지랑도 그렇게 잘 지내지는 못해. 괜히 가겠다고 나섰나 보네. 너한테 한 소리 듣고 나니까 더 다운돼."

나는 처음에는 거절했다.

"이게 다 무슨 소리야. 난 오늘 그냥 푹 쉴 거야. 내일 오후……."

내일은 내가 퇴사하는 날이었다. 급히 처리해야 할 일은 전혀 없었다. 후임자가 적시에 구해지지는 않을 거라 예상했기에 인수인계 문서는 진즉에 꼼꼼하게 작성해 두었다. 컴퓨터에 저장해 둔 각종 파일과 온라인 계정을 삭제한 뒤 개인 물품 몇 가지를 정리하고 나면 그곳에 내 흔적은 남지 않을 것이다. 돌아보면 이 첫 직장에서는 업무 부담이 크지 않았고, 야근도 거의 없었다. 규모가 작은 만큼 상대적으로 인간적인 분위기가 흘렀다. 하지만 연봉이 낮고 성과급이 없었다. 나는 반

년 전부터 이직을 준비해 다행히 큰 공백 없이 환승 이직하게 ⓢ
됐다. 퇴사 후 한 달 휴식을 취한 뒤에는 브리센이라는 이름의
생활 잡화 유통회사로 자리를 옮겨 새 출발을 하게 될 예정이
었다.

ⓔ "내일 오후에 뭐?"

은수가 커다란 눈을 깜박이며 대답을 재촉했다. 나는 꾸
밈없이 응했다.

"내일 오후에도 푹 쉴 거야."

"아, 그래, 알아. 내가 너라도 한동안은 어떤 거에도 영향
받지 않고 온전히 쉬고 싶을 거야. 그럼 도영이한테 말해볼까
봐. 도영이보다는 너였으면 좋겠지만, 그건 그냥 내 욕심이지.
도영이는 아까 세차 중이던데, 다시 전화해 봐야겠다."

도영은 나와도 한번 인사를 나눈 적 있는 은수의 옛 친구
인데, 기억이 가물가물한 와중에도 그에 관한 두 가지 이미지
만큼은 분명히 떠올랐다. 큰 소리로 남 뒷담화를 하면서 혼자
만 신이 나 낄낄 웃던 것, 그 와중에 지갑을 잃어버려 막판에
더욱 호들갑을 떨었던 것.

"잠깐만. 내가 갈게. 약속이 몇 신데? 거기가 어딘데? 여
기서 멀어?"

은수와 나는 남은 커피를 다 마시고 일단 흩어졌다. 은수
는 아버지의 친구분을 만나기에 앞서 머리칼을 다듬고 뿌리

염색을 하러 근처의 미용실로, 나는 헬스장으로. 운동 30분 전에 카페인을 섭취하면 지방 연소율이 증가한다는 기사를 본후로 나는 근 3년간 꾸준히 그렇게 운동해 왔고, 그날도 예외는 아니었다.

오후 2시경에 은수와 다시 만나 은수의 차를 타고 가이동으로 갔다. 은수는 평소에 자기 집안 이야기를 거의 하지 않았으므로 나는 그의 아버지에 대해서 아는 바가 별로 없었다. 그러니 그 친구분에 대해서도 당연히 아는 바가 없었고, 영 모르는 것들에 대해서는 궁금증을 품기도 어려웠기에 은수가 먼저 운을 떼주기를 기다리기로 했다. 하지만 그는 아무 말 없이 10여 분 남짓 운전에만 집중했다. 그러다 가이동 두리마트의 주차장에 차를 세우고서 한마디를 내뱉었다.

"디카페인 커피랑 팥죽을 사 오면 좋겠다고 하시네."

우리는 근처 음식점 정보를 검색해 팥죽과 디카페인 커피를 파는 곳을 찾았고, 그걸 사서 다시 차에 올랐다. 어린이 놀이터와 가정식 백반집, 금속공예 공방을 지나쳐 주택가 골목길로 접어들었다.

붉은 벽돌로 쌓아 올린 긴 담장이 있는 주택 앞에 차를 멈춰 세웠다. 어두운 회색의 철제 대문 아래로 커다랗고 새까만 거미 인형이 버려져 있었다. 나는 차에서 내려 문 앞에 다

가서며 그 인형을 발로 쓱 차서 저만치로 밀어냈다.

벨을 누르자 잠시 후 앞치마를 두른 중년 여성이 직접 나와 문을 열어주었다. 마당 한쪽으로 향나무가 몇 그루 심겨 있었고, 그 아래로 조그만 원형 테이블 두 개가 나란히 놓여 있었다.

"안에 정리할 게 있어서요. 우선 잠깐만 여기서 기다리세요."

부인이 테이블을 가리키며 말했다. 은수가 그분에게 죽과 커피를 건네며 뭔가를 설명하는 동안, 나는 테이블로 먼저 가 자리 잡고 앉았다. 완연한 봄날이구나 하는 생각과 동시에 여동생과 언니의 생일이 곧 돌아오리란 사실이 떠올랐다. 둘의 생일은 5월 14일과 17일로 사흘 간격이었다. 나는 일정과 아이디어를 종이에 손수 써넣는 것을 선호해서 항상 다이어리를 가지고 다녔기에 그 짬에 다이어리에다가 생일 선물로 무엇이 좋을지 떠오르는 대로 몇 가지 적어뒀다. 다이어트를 계획 중인 여동생의 선물로는 테니스 라켓과 운동화를, 육아로 지친 언니의 선물로는 스파 상품권을 첫 번째로 적었다.

잠시 후 은수가 내 앞에 앉았다.

"오늘 다른 일정이 있었던 건 아니니?"

"있대도 어쩌겠어. 지금 여기 와 있는데."

"그렇게 말하면 내가 미안해지잖아."

"대청소는 다음 주중으로 미루면 되고 화장실 청소는 저녁에 하려고."

나는 화장실 수납장의 위쪽과 아래쪽에 놓인 물건들의 배치를 머릿속으로 바꾸어보다가 유리 세척제의 분무기 헤드가 고장 난 게 기억났다. 그걸 대체할 다른 용기가 집에 있는지 없는지 확실치 않았다.

은수가 테이블 위에 한 손을 올려두고 마치 그 테이블이 나인 양 도닥도닥 두드리더니 말했다.

"우리 부모님이 젊었을 적에 두 분 다 일본에 유학하고 싶어 하셨다는데, 내가 생기는 바람에 두 분 다 꿈을 접으셨거든. 그냥 주저앉게 되었다고들 표현하셔. 내가 자라면서 병치레도 잦아서 노심초사하느라 아무래도 대차게는 못 사셨지. 지난 2년간은 나 하는 일이 변변치 않으니까 또 기운이 빠져서 조용히 지내시고. 너는 이런 이야기를 여기서 처음 듣는 거지만, 조금 이따 만나 뵐 분은 젊었을 적에 우리 아버지한테 주야장천 들으셨을 테니까 아마 훤하실 거야. 그분 머릿속에는 오래전부터 일관되게 내가 부실한 형태로 자리 잡고 있을걸. 어렸을 적 내 별명이 '비실이'였어. 그러니까 비실로. 후. 나 지금은 그 정도까지는 아니지 않아?"

실바람이 불어왔다. 나는 머리칼 사이로 스며드는 부드러운 공기를 느끼며 은수가 하는 이야기의 골자를 내 나름대로 파악해 보았다. 은수와 그의 부모님 간에 특별한 애착 관계가 형성돼 있다는 것, 은수는 지금 자신감이 떨어져서 마음이 물러진 상태라는 것, 어쩌면 선입견 때문에 은수를 과소평가하고 있을지도 모를 어떤 분과 곧 대면하게 되리란 사실을 이해할 수 있었다. 동시에 뜻밖에 다른 인식도 고취되었는데, 자신의 약한 부분을 드러내는 은수의 모습이 신기하게 청초해 보인다는 것이었다. 사진을 전공한 은수가 자기 모습을 즐겨 찍어본 적이 있는지 불쑥 궁금해졌다. 하지만 마침 그때 안으로 들어오라는 안내를 받았기에 일단 그 질문은 마음의 서랍 속에 넣어두었다.

은수와 나는 원목 장식장과 책꽂이, 탁자, 빈티지 샹들리에가 있는 고풍스러운 실내 풍경 속으로 들어서서 짙은 자줏빛 가죽 소파에 나란히 앉았다. 우리 뒤쪽의 벽면에는 유화 두 작품이 나란히 걸려 있었는데, 하나는 배경이 실내 수영장이었다. 텅 빈 수영장 한구석에 놓인 스테인리스 전망대 의자 위에 노란 수영복 차림의 젊은 여자가 앉아 있었다. 또 다른 액자 속에는 빛이 닿아 반짝이는 수면의 이미지가 가득 담겨 있었다.

"여기 이런 게 있네."

은수가 제 옆에 놓인 팔각형의 원목 협탁을 쳐다보며 중얼거렸다. 그 상단에 놓인 팔각형의 자그마한 탁상시계가 그때 내 눈에 들어왔다.

"그분이 각진 걸 좋아하시나 보네."

은수는 내 말을 흘려들은 것인지 협탁 아래쪽 선반에서 종이 한 장을 집어 올리며 "합곡혈?" 하고 혼잣말했다.

은수가 집어 든 건 한의원 홍보물이었다. 한 면에는 한의원 내외부 사진이, 다른 한 면에는 손바닥과 손등 그림이 담겨 있었다. 손 그림 곳곳에는 검은 점으로 혈 자리가 표시돼 있었고, 그 명칭과 지압 효과 등등의 설명이 짤막하게 달렸다. 합곡혈은 엄지와 검지 사이에 오목하게 들어간 부분이었다.

"여길 지압하면 두통과 소화불량이 개선된다는데?"

은수가 너는 알고 있었냐는 듯 날 쳐다보자 피식 웃음이 새 나왔다. 어처구니가 없기도 했지만, 우리가 처음 만났던 날 서로의 표정만큼이나 손의 모양새와 움직임을 열심히 들여다봤던 게 떠올라서였다.

나는 취미로 기타 연주를 배워보려던 참에 친구를 통해 은수를 소개받았다. 은수는 출장 사진과 기타 레슨을 병행해 수입원으로 삼으면서 그럭저럭 잘 지내는 사람처럼 보였다. 그는 까다로운 내 친구가 보증하는 친절한 선생이었고, 내 집에서 가까운 곳에 작업실을 가지고 있었다. 나는 오가는 시간을 낭비하지 않으면서 합리적인 금액으로 일대일 레슨을 받게 되어 잘되었다 싶었다. 또 두 살 어린 그와 친구로 지내게 된 것도 점점 즐거웠다. 은수는 저보다 일곱 살 많은 사람과도, 다섯 살 어린 사람과도 막역하게 잘 지냈다. 매사 인간관계에 선을 지키고 각을 재며 지내던 나지만 은수와 함께 기타를 끌어안고 있는 동안만큼은 자유로운 영혼이 된 듯한 느낌이 들었다. 이직을 준비하느라 기타는 딱 4개월만 배우고 말았지만.

그 집의 주인이 처음에 어디서 등장했던가는 자세하게 떠오르지는 않는데, 아마 뒤이어 뜻밖의 일들이 펼쳐졌기 때문일 것이다. '합곡혈'이란 단어를 새로 접하며 은수와 내가 각자 엄지와 검지 사이를 눌러보고 있을 즈음에 혈색이 붉고 키가 큰 중년 남자가 은수의 이름을 부르며 성큼 다가왔다.

"너, 이놈의 새끼!"

그가 은수를 와락 끌어안았다. 나는 그들이 포옹을 풀 때까지 잠자코 기다렸다가 일어나 인사했다.

"은수 친구예요. 곽수산나라고 합니다."

"난 김찬종. 그냥 김 선생이라고 불러."

아무리 애정 어린 말이라도 나이 지긋한 사람이 욕을 입에 담는 건 질색이었는데, 느닷없이 반말까지 들으니 기분이 언짢아졌다. 나는 은수를 슬쩍 흘겨보았다. 은수는 미소를 띠기는 했어도 침이 마르는지 입술을 혀로 핥으며 시선을 슬쩍 비껴두었다.

"둘이 사귀는가?"

"아뇨, 여자 친구 아니고 그냥 친구예요. 이 동네에 볼일이 있어서 들렀다가 우연히……."

나는 그쯤에서 입을 다물었다. 자리가 길어지면 눈치껏 은수를 데리고 빠져나가야 할 텐데 언제쯤이 적당할까 생각하며 문 쪽을 흘깃 보다가, 김 선생이 "앉아, 앉아" 하고 소파에 털썩 앉는 바람에 일단 자리에 도로 앉았다. 그가 무례하게 굴면 나도 예의를 지키지 않을 심산이었다.

우리에게 문을 열어준 부인이 과일과 절편, 작두콩차를 준비해 내왔다. 김 선생은 그분을 누님이라고 불렀는데, 실제로 먼 친척 누님이라고 했다. 집안일을 도와주고 계시는데, 그렇게 지낸 지는 얼마 안 되었다고도. 나는 차가운 작두콩차와 잘 익은 망고를 먹으며 일이 어떻게 돌아가는지 조금 더 지켜보았다. 부인은 입이 무거운 사람처럼 보였으나, 김 선생이 화장실에 가느라 자리를 잠시 비운 틈에 갑자기 속삭이는 속사포로 이런 말을 늘어놓았다.

"동생 성격이 원래 좀 괄괄해요. 그래도 뒤끝은 없어요. 살면서 보니깐, 사람이 앞에서 깨끗한 거 못지않게 뒤가 깨끗한 게 중요해요. 아니지! 어떻게 보면 뒤가 더 중요해요. 구렁이 같은 사람, 뱀 같은 사람, 그런 사람들은 못써요. 저 동생은 겉만 저렇지 속이 두부야 두부. 3대째 이어온 냉면집을 얼마 전에 처분했잖아요. 다른 거 일절 없이 만두랑 냉면만으로

70년을 이어왔으니 얼마나 대단해요. 그 정도 세월이면 가게도 사람이나 진배없어요. 간판도 솥도 그 정도면 말을 하고, 저 동생도 그 말을 알아들을 수가 있고요. 가게 처분하고는 앓던 이 빠진 사람처럼 홀가분하게 놀러 다니며 좋아하더니만, 며칠 전서부터는 집에만 틀어박혀서 여기저기 전화를 돌리면서 사람들을 자꾸 불러들이고 있어요. 옛정을 생각해서 다들 그런가 보다 하고 좋게 봐주니까 감사할 일인 것 같아요. 나는 이해해요."

은수는 "그러시구나" 하며 고개를 연신 주억거렸다.

4년 전, 내 아버지는 다니시던 제화 공장이 폐업하자 시골로 내려가 한동안 폐가 수리에 몰두하셨다. 나는 그 모습을 곁에서 지켜본 적이 있다. 그래서 사람마다 심리적 타격감을 처리하는 방식이 다르다는 걸 알게 된 한편, 무방비로 도태되는 것에 대한 불안감이 막연히 커졌다. 유능해지고 싶었고, 시간을 허투루 쓰고 싶지 않았고, 휴지기 없이 다음 단계로 넘어가 내 자리에 부드럽게 착지하고 싶었다.

"집이 예뻐요."

그 순간 내 최선의 화답은 그것이었다. 그렇게 종잡을 수 없는 대화에 잠깐 끼어들었다가 빠져나왔다. 그래도 그 말은 거짓은 아니었다. 최근에 레트로 감성을 살린 매장들을 유심히 보아왔던 터라 그 집의 인테리어를 살피며 내 일에 적용할 만한 아이디어를 얻을 수도 있겠다 싶었다. 불쾌했던 첫 마음이 빠르게 누그러졌다.

김 선생이 자리로 돌아와 은수의 '비실이' 시절에 대해서 거의 만담에 가까운 이야기를 펼치기 시작했다. 그는 밤마다 숨이 넘어갈 만큼 까무러치게 울어대서 부모의 진을 쏙 빼놓던 아기가 이만큼 자라난 게 기적 같다면서도, 젊은이는 젊은이답게 야심을 조금 더 품는 게 좋다며 단호한 표정을 지었다. 그리고 이후 느닷없는 청춘 예찬론이 펼쳐졌다. 어느 정도 짐작한 대로 그 찬사는 김 선생의 젊은 날에 대한 무용담을 펼치기 위한 다리 역할을 했다. 나는 슬그머니 일어나서 화장실로 잠깐 피신했다.

거실이 고풍스러운 분위기였던 데 반해 화장실은 최근에 새로 공사를 한 것인지 매우 깔끔하고 현대적이었다. 거울과 조명이 골드 톤이라 아늑한 느낌이 들었다. 베르가모트 향의 디퓨저가 욕조 위 선반에 놓여 있었다. 내가 쓰는 것과 똑같은 제품이어서 혹시 젊은 식구가 함께 거주하는 것은 아닌가 미루어 짐작했다. 거울 앞에 서서 포근한 조명과 은은한 향을 입고 있는 내 모습을 보면서 매일 아침에 하는 자기암시를 한번 해보았다.

"잘하고 있어. 모든 게 잘될 거야."

그리고 내일을 위한 주문도 걸어두었다.

"깔끔하게 비워주고 산뜻하게 다시 시작하는 거지. 오케이?"

그때 누군가 화장실 문을 두드렸다. 약한 노크 두 번, 센 발길질 한 번. 나는 문을 열었다. 검은색 원피스에 분홍색 토끼 귀 모양이 달린 머리띠를 한 여자아이가 서 있었다. 아이는 심술궂은 표정을 하고서 욕실 슬리퍼도 신지 않은 채 안으로 뛰어들었다.

"이런!"

거실로 가보니 그새 사람이 더 늘어나 있었다. 커플로 보이는 젊은 남녀가 소파에 앉아서 은수와 이야기를 나누었고, 김 선생이 그 앞에 팔짱을 끼고 몸을 좌우로 흔들흔들해 가며 서 있었다. 김 선생의 친척 누님은 어디에 있는지 눈에 띄지 않았다. 나는 주의를 끌지 않게끔 조용히 주방 쪽으로 걸어가 그릇 건조대에서 머그잔을 하나 꺼냈다. 싱크대 위쪽의 하얀 타일 몇 개에 실금이 가 있었다. 개수대 안에는 기름기가 도는 종지 한 개와 숟가락과 젓가락이 뒹굴었다.

"주방이 아쉽네."

나는 정수기에서 따뜻한 물 한 잔을 따라 마신 후 식탁에 앉아 나직이 읊조렸다. 기분이 묘했다. 이 집이 사연 있는 매물이고, 여기 모인 사람들이 모두 경매에 참여한 사람들이며, 내게는 그걸 구경할 특별한 권리라도 부여된 것만 같았다. 이곳에서 슬쩍 뭔가를 훔쳐 나가도 아무도 나를 간섭하지 않을 것 같다는 우스운 생각도 들었다. 그러다 어느 순간 은수와 눈이 마주쳤다. 그가 내게 다정하게 미소를 지어 보였다. 내가 '한 시간'이라고 입 모양으로만 말하고 검지와 중지로 손등을 한 번 두드리자, 은수는 알아들었다는 듯이 고개를 끄덕하고는 입을 오므려 내밀었다. '괜찮지?' 혹은 '고마워'의 의미였을 것이다.

이런 휴일 오후를 기대해 본 적은 한 번도 없었다. 애초에 기타 레슨이 아니었다면 성향과 지향이 많이 다른 우리가 자연스럽게 만나 친분을 쌓아갈 확률 자체가 거의 없었을 것이다. 그 최소한의 확률에 이르게 된 우연의 중첩들은 사실 굉장한 것일지도 몰랐다.

처음에 내가 기타 레슨을 고려한 건 친목을 다지는 모임에서 눈길을 끌 만한 재주가 하나 정도는 있었으면 좋겠다는 생각에서였다. 한 열 곡 정도를 손에 익히고 싶었다. 하지만 그에 앞서 짧게 배웠던 탭댄스가 내게 잘 맞는 취미 생활이라 실력이 부쩍 늘었더라면 그냥 탭댄스를 계속했을 것도 같다. 또 탭댄스를 배우게 된 계기는 그 전에 아마추어 연극 동호회에서 만났던 회원 중 하나가 탭댄스를 추는 모습이 근사해 보였기 때문이었다. 그리고 내가 그 연극 동호회에 들게 됐던 가장 큰 동기는 한때 내가 많이 사랑했던 사람이 내게 퍼부은 악

담 때문이었다. 3년을 사귀었지만 결국은 남보다 못한 사이가 된 형구가 내게서 돌아서면서 말하길 '입바른 소리를 얄밉게 해서 정이 떨어진다'고 했다. 나는 이 유치하고 허무한 결말을 학구열로 극복해 보려 했다. 사람과 상황의 복잡한 속성을 너 그렇게 바라보고 풍부하게 표현하는 법을 익혀 '사랑은 사람 을 성숙하게 만든다'는 교훈을 새로운 내 자산으로 품게 되길 바랐다. 하지만 어디까지나 바람은 바람일 뿐이었다. 나는 다 만 그 모든 잡기를 그럭저럭 조금씩 배워본 사람이 되어 인생 의 아이러니를 좀 더 수용하고 있기는 했다. 형구는 작년에 결 혼했는데, 아마추어 골프선수인 그의 아내는 독설가 콘셉트 로 유튜브 채널을 운영하고 있었다.

"뭐 필요한 거 있어요?"

별 기척을 못 느꼈는데, 어느새 김 선생의 친척 누님이 내 뒤로 와 나를 지켜본 듯했다. 나는 갑작스러운 그 목소리에 움찔 놀랐다.

"아뇨. 저, 좀 전에 어떤 여자아이를 봤는데요."

"어디서요?"

"화장실로 들어갔어요."

"휴, 정말 못 말린다니까."

"왜요?"

"잠깐만 기다려봐요."

그가 화장실 쪽으로 걸어갔다.

"뭘 기다리라는 거야?"

나는 허공에 대고 조용히 웅얼거리곤 자리에서 일어나 거실로 향했다. 젊은 남녀와 김 선생이 주고받는 말소리가 들려왔다. "불타 재가 돼버린걸요." "한마디로 후진 발상이지." 대화의 맥락을 알 수 없는 채로 소파에 자리 잡았다. 아까 내가 사용하다 놓아둔 포크가 제자리에 얌전히 놓여 있는 게 눈에 들어왔다. 젊은 남녀가 들고 있는 머그잔에는 은수가 사 온 디카페인 커피가 담겨 있을 듯했다. 팔각 협탁 위에 놓인 팔각 탁상시계 옆에는 반짝이 스티커를 다닥다닥 붙인 핸드폰 하나가 뒤집힌 채 놓여 있었다.

은수가 나를 소개하려 운을 떼자마자 나는 말머리를 잽싸게 가로채고 나섰다.

"처음 뵙겠습니다."

굳이 통성명하는 게 필요치는 않을 것 같아 미소로 슬쩍 능치려는데, 김 선생이 은수와 나를 번갈아 손으로 가리키며 같이 온 친구라고 그들에게 일러줬다.

잠시 후 나는 이 젊은 남녀가 커플이 아니라 이란성쌍둥이라는 걸 알게 됐다. 남매는 내가 알 수 없는 이유로 김 선생을 은인처럼 여겼다. 그들은 사라진 것들에 대한 열화와 같은 향수를 공유하려 들었다. 이를테면 70년 전통의 냉면집과 그

고유한 육수의 맛, 예전에 김 선생과 처음 만났던 국선도 수련원 건물의 미로 같은 구조와 그곳 원장이 건물 옥상에 몰래 양귀비 127주를 재배하다 경찰에 적발됐던 날의 충격, 돌아보니 분명히 수상했던 낌새들, 그리고 얼마 전 단종된 반고체형 천연 보습 크림 제품의 질감과 그 틴케이스에 그려져 있던 오소리 그림, 무덥고 습한 여름이 아닌 다른 여름, 요즈음보다 덜 더우면서 더 쨍했던 여름날의 어떤 냄새들, 이제는 재개발로 사라진 어느 강변의 자전거 산책길 같은 것들을.

"예전에 앵무새를 키우셨잖아요?"

은수가 무언가 떠오른 듯 김 선생을 보며 물었다.

"그랬지."

김 선생이 고개를 끄덕였다.

"이름이 제롬이었던 거 같아요. 맞아요?"

"맞아! 기억력이 좋네."

"그 새는, 제가 잊을 수가 없죠. 사실 이름은 지금 막 생각났어요."

나는 이 대화의 어느 즈음에서인가 내가 나설 일이 있을지도 모르겠다고 짐작했다. 은수가 자기가 바보짓을 하거든 말려달라고 내게 인간적으로 부탁하지 않았던가? 나는 상황을 살피며 속으로 이렇게 생각했다.

'선의로 여기까지 와서 야심을 가지라는 둥 잔소리를 다

듣더니 이제는 갑자기 새 이야기를 하려는 거야? 왜? 명상센터에 등록했던 날처럼, 너 지금 뭔가 몰려 있는 마음인 거야? 평정심이 필요해? 그래서 새나 자연의 소리 같은 걸 하필 지금 떠올리고 있는 거니?'

만약 그렇다면 은수가 나중에 후회할 만한 말들을 쏟아놓지 않도록 내가 중간에서 잘 끊어주리라고 생각했다. 그렇다면 얼추 계획한 시간에 맞춰 적당히 도리를 마치고서 알맞게 그곳에서 퇴장할 수 있을 듯했다.

하지만 그날의 그 앵무새 이야기에는 내가 끊어낼 수 없는 리듬이 있었다. 이야기는 이렇게 흘러갔다. 은수가 초등학생이었을 때였다. 은수의 아버지가 어느 날 저녁에 새장을 들고 귀가했다. 그 속에 앵무새가 한 마리 들어 있었다. 은수의 아버지는 손에 화상을 입은 친구(김 선생) 대신에 최소한 일주일 동안은 그 앵무새를 떠맡기로 했다. 은수의 어머니는 새를 무척 싫어했다. 상의 한마디 없이 무턱대고 일을 저지르고보는 남편의 습관은 더욱 싫어했다. 은수의 아버지는 다른 수가 없었다고 변명했다. 그는 부인을 설득하려고 과장했다. 자기가 그 새를 집으로 데려오지 않았다면 새가 새장 속에 방치된 채 병이 나거나 굶어 죽게 될 게 불 보듯 뻔했다고. 은수는 앵무새를 한참 동안 바라봤다. 새의 동그란 머리는 주황빛, 몸통은 연둣빛, 배 부분은 노란빛이었다. 두 눈은 작고 까만 단

27

추 같았다. 그 날개 달린 생명체의 아름다움과 연약함이 그를 사로잡았다. 그 감정이 좋고도 참 두려웠다. 양손으로 힘껏 꽉 새를 움켜쥔다면 죽일 수도 있을 것만 같았다. 그는 새가 졸고 있을 때 발끝에 살짝 손가락을 대보기도 했다. 따뜻한 온기가 그 자체로 신기했다. 새는 단 세 마디의 말을 할 줄 알았는데, 모두 질문의 형태였다. "안녕?" "어디야?" "좋아?" 은수의 부모가 앵무새에게 식사와 물, 간식을 챙겨 주는 일을 돌아가며 수행했다. 은수는 새와 놀아주는 역할을 했다. 새를 어깨 위에 올려놓고 말을 시켰다. 앵무새는 은수에게서 '예뻐'라는 단어 하나를 더 배웠다. 그는 새장에서 새를 꺼내기 전에 집 구석구석을 샅샅이 살펴야만 했다. 반짝이는 물건들은 감추어두었다. 선풍기가 제대로 꺼져 있는지 확인해야 했다. 그렇지만 어느 날은 갑자기 아무에게도, 심지어 자기 자신에게도 설명할 수 없는 충동과 호기심에 이끌려 거실 창문을 활짝 열고 새를 밖으로 날려 보냈다. 앵무새는 점심 무렵 집을 떠났다가 해가 저물기 전에 집에서 그리 멀지 않은 나무 밑에서 발견되었다. 연두색 털이 조금 뜯겨 있었다. 이후 새는 한동안 시름시름 앓았다. 은수의 아버지와 김 선생은 그 일로 인해 거의 반 년 동안 연락을 끊고 지냈다. 그 일은 은수에게도 상처로 남았다. 깊이 죄의식을 느꼈다. 하지만 그는 아이였으므로 아이답게 매일 새로 태어나 그날분의 모험을 떠났다. 앵무새에 관해서는 차츰 잊었다. 3년의 세월이 흘러, 그는 어느 여름날 저녁 무렵에 처음으로 필름 카메라를 샀다. 그걸 두 손으로 잡자 언젠가 경험했던 감각이 되살아나는 걸 느꼈다. 두근거림, 놀라움, 호기심과 충동이 한꺼번에 일었다. 무언가에 사로잡힌다는 감정은 그를 연약하고 두렵게 했고, 그래서 그는 그 물체가 일종의 생명체라는 걸 예감했다. 그가 처음 찍은 건 학교 운동장에 떨어져 있던 주황색 농구공이었다. 인화된 사진에는 저마다 고유의 언어들이 다채롭게 담겨 있었다. 그 속에는 기본적으로 이런 내용이 포함됐다. 안녕. 어디야. 좋아. 예뻐.

은수의 이야기가 끝나고 나를 포함한 사람들이 모두 약간의 여운 속에 남았을 때, 나는 그 타이밍을 놓치지 말자 싶었다. 그 집 거실의 분위기와 가구, 소품들을 내 핸드폰 카메라로 찍어 가고 싶었기에 자연스럽게 내 목소리를 거기 얹었다.

"저흰 이제 가봐야 할 것 같아요. 그 전에 여기서 사진 몇 장 찍어도 될까요?"

쌍둥이 남매가 매우 반색하며 자기들이 어떤 자세로 어디에 앉거나 서면 좋을지를 되물어 온 것은 내 예상 밖의 일이었다. 은수가 카메라를 가져오지는 않았다고 하니까 그들은 약간 서운해하며 은수에게서 연락처를 받아 갔다. 그러는 동안 나는 내 핸드폰 카메라로 그 집의 소파, 바닥, 협탁, 벽, 그림, 샹들리에 등을 찍었다.

은수와 내가 그 집을 떠날 때 토끼 귀 모양의 머리띠를 한 여자아이가 파자마 차림으로 갈아입고 나와 김 선생 곁에 서서 우리를 배웅했다. 알고 보니 그 아이는 김 선생의 늦둥이 딸이었다. 김 선생이 자기 핸드폰 배경화면에는 딸아이가 작년 핼러윈에 마녀로 분장하고 커다란 거미 인형을 끌어안고 찍은 사진이 저장돼 있다고 말했다. 그는 첫 번째 부인이 오래전에 앵무새 제롬을 데리고 떠났으며, 이후 따로 전해 들은 소식은 없다고도 일러주었다.

그날 가이동에서 집으로 돌아오는 차 안에서 은수와 나는 기타 콰르텟 연주로 차이코프스키의 〈꽃의 왈츠〉를 들었다. 춤추듯 어우러지는 봄날의 기타 연주가 다정하고 사랑스러운 대화처럼 들렸다. 나는 얼결에 우리가 서로에게 무슨 고백이라도 하게 될까 봐 은근히 긴장되었다. 은수의 매력 앞에서 단호해지기 어려운 내 감정은 사실 좀 요사스러운 데가 있기는 했다. 새장 속의 새를 꺼내 창문을 활짝 열고 알 수 없는 어디론가 날려 보내는 사람. 그건 은수에 대해 새로 알게 된 사소한 정보이면서, 또한 한 인간의 많은 부분을 설명하는 본질적인 장면 같은 것이기도 했다. 나는 어린 날로 다시 돌아간대도 그런 사람이 될 수 없을 것이다. 변수를 예측하고, 상황을 점검하고, 그 속에서 최선의 노선을 찾아야 직성이 풀리는 내가 어느 날 사랑에 눈이 멀어 기꺼이 감당하고 싶어질 감정의 진폭은 어디서부터 어디까지일까. 문득 그런 게 궁금해지는 한편, 그 질문을 깨끗하게 무시하고 싶어지기도 했다.

"수산나야 오늘 고마웠어."

"아냐. 재밌었어."

"원하는 데서 일하게 된 거 진심으로 축하하고."

"갑자기?"

"갑자기 아니야. 때를 놓친걸. 내가 아침에 산 공기청정기 있잖아. 그거 입사 축하 선물로 산 거야. 보니까 너 프레젠테이션하고 난 날에는 목소리가 많이 잠기더라. 기관지가 약하면 그럴 수 있어. 마음에 안 들면 열흘 내로 무료로 반품해준다고 하니까 일단 받아. 사양하지 말고."

나는 그의 섬세한 배려에 고맙고 미안해져서 최선을 다해 기뻐했다.

"나도 할 말이 있는데……."

내가 잠시 망설이자 은수가 공원 옆에 차를 세우고 음악을 껐다.

"뭐를?"

"사진 찍는 거 가르쳐줄 수 있어? 제대로, 정식으로."

"아! 너 끈기가 부족하네. 기타는 이제 완전히 포기한 거야?"

"이번엔 달라. 열심히 배울게."

나는 새 직장에 어느 정도 적응하고 나면 제품 사진을 근사하게 찍는 법을 익히고 싶다고 했다.

"최고의 선생님, 제가 최고로 알아서 잘 모실게요."

"그냥 나 보고 싶어서 그러는 거 같은데."

"퉁기기야?"

은수가 냉큼 대답하지 않아서 나는 약간 요란을 떨었다. 언젠가는 내 사업을 하면서 내 팀을 챙길 거고, 내 브랜드를 갖고 싶다고. 그 모든 과정이 내 스토리가 되었으면 좋겠다고.

"그래. 진심인 거 알아."

은수가 미소 지었다. 나는 그 말을 믿었다.

캐릭터를 읽어내고 표현하는 다양한 방식에 늘 관심이 있어서 즐겁게 참여했습니다. 콕 짚어 **ESTJ** 유형에 대한 글을 써주었으면 좋겠다는 제안을 받고 시작한 경우이고요. 이 유형에 관해 사람들이 크게 공감하는 요소들을 고려하며 인물의 윤곽을 잡아갔는데, 예를 들어 계획을 세워 움직이고, 효율성을 중시하는 면이 그렇지요. 더 나아가 소설 속의 '곽수산나'는 변수를 자주 예측하는 인물입니다. 그는 자기와는 다른 성향을 지닌 은수라는 인물과 동행하면서 처음 본 사람의 주거 공간으로 들어가 휴일 한때를 보내게 됩니다. 곽수산나의 생각과 응변, 결함과 매력이 소설의 결을 형성해요. 저는 결국엔 등장인물 모두에게 크고 작은 애정을 품게 되었답니다.

기준영 소설집 《연애소설》, 《이상한 정열》, 《사치와 고요》, 장편소설 《와일드 펀치》, 《우리가 통과한 밤》이 있다.

좋아하는 사이

현아는 유영, 노을과 고등학교 1학년 때 처음 만났다. 현아와 유영은 각각 2반과 3반의 반장이었고, 노을은 8반의 부반장이었다. 임원 수련회에서 친해졌지만 반이 달라서 복도에서 마주칠 때 인사를 하는 게 다였는데 2학년 때 셋이 같은 반이 되면서 단짝이 되었다. 1학기에는 현아가 반장, 노을이 부반장이었고, 2학기에는 유영이 반장이었다. 그해 노을은 임원 수련회에서 옆 반 반장과 사귀기 시작했는데, 겨울방학에 먼저 이별을 고했다. 노을이 헤어진 이야기를 하며 몇 날 며칠을 울자 현아는 그만 좀 하라고 쏘아붙였다.

"네가 헤어지자고 한 거잖아. 걔가 차인 거고. 힘들어도 걔가 힘들지 네가 뭐가 힘들어?"

현아는 참았던 말들을 모조리 쏟아붓지 않기 위해 노력했다.

"다시 만나라니까 그것도 싫다며. 뭘 어쩌라는 거야?"

노을은 퉁퉁 부은 눈을 하고 현아를 노려보았다.

"너는 당연히 이해를 못 하겠지. 너는 감정이란 게 없잖아. 감정도 없고, 싸가지도 없고, 그러니까 남친도 없고. 헤어져서 힘든 감정 같은 걸 네가 알 리가 없지."

둘이 싸운 건 처음이 아니었고, 유영이 그런 둘을 말린 것 역시 처음이 아니었다. 이번에는 둘의 냉전이 전보다 오래 갔고, 유영은 2주가 넘도록 양쪽을 오가며 사정했다. 현아와 노을은 유영의 부모님이 비운 집에서 소주를 마시면서 화해했다.

"이제 다시 싸우지 말자."

유영은 자기가 싸우기라도 한 것처럼 말했다.

그 후 셋은 전과 다름없이 어울렸지만 현아는 마음속으로 노을에게 거리를 두었다. 노을이 남자 이야기를 많이 하고, 그게 너무 듣기 싫다는 걸 깨달은 이후 현아는 노을이 좋아하는 남자 연예인 이야기만 해도 짜증이 났다. 현아는 노을이 자신과 근본적으로 다르고, 자신의 인생에 어떤 방식으로든 도움이 되지 않을 것이라고 확신했다. 그런데도 계속 어울린 건 순전히 유영 때문이었다. 유영이 셋이 깨지면 온 세상이 깨지는 것처럼 굴었기 때문에. 그리고 현아에게 유영은 그 누구보다 중요했기 때문에. 유영을 위해서라면 노을 따위 그저 마음속으로 무시하면 그만이었다.

모두 다른 대학에 가서도 셋은 계속 만났다. 유영이 아무리 바빠도 생일은 꼭 다 같이 축하해야 한다고 했다. 유영이 예약한 장소에서 셋은 매년 5만 원 이내의 생일 선물을 주고받으며 파티를 했다. 호텔 방을 빌려서 파티 룸으로 꾸민 적도 있고, 노을이 면허를 딴 이후에는 차를 빌려 외곽으로 나가서 야외에서 생일 파티를 하기도 했다. 파티가 끝나기도 전에 유영과 노을은 '고등학교 베프'라는 설명과 함께 서로를 태그해 사진을 올렸다. 현아는 카카오톡을 제외한 SNS를 하지 않았기 때문에 노을과 같이 태그되지 않았고, 그걸 다행으로 여겼다.

현아가 휴학하고 1년간 호주에서 어학연수를 할 때 유영이 시드니 한 달 살기를 하겠다며 현아를 찾아왔다. 현아가 어학원에 있는 동안 유영은 근처 카페에서 책을 읽었다. 유영은 현아가 알고 있는 사람 중에 자신보다 책을 더 많이 읽는 유일한 사람이었다. 유영이 시드니에 와서까지 책을 붙들고 있는 걸 볼 때마다 현아는 뭘 읽고 있냐고 물었다. 소설부터 철학, 미학, 심리학, 인류학, 우주과학까지 다양한 분야를 아우르는 책에 대해 듣는 것이 좋았다.

현아는 유영과 함께 주립 미술관에 들러서 오래된 그림을 보았고, 열대의 꽃이 가득한 보타닉 공원을 가로질러 오페라하우스 바에서 하버 브리지를 보며 맥주를 마시다가 더 록스의 오래된 벽돌 건물 사이를 걸었다. 주말이면 시드니 근교 투어를 다녔다. 모래사막에서 썰매를 타고 바위산을 배경으로 서로의 사진을 찍어주었다. 유영이 머문 한 달간 현아는 노을 없이 둘이 지내니 얼마나 좋은가 생각했다.

이상적인 관계는 오래가지 않았다. 현아가 한국에 돌아온 것을 축하해야 한다며 유영은 노을을 불렀다. 그걸 시작으로 셋은 다시 서로의 생일을 잊지 않고 축하해 주는 단짝이 되었다. 1년에 세 번, 3월과 7월, 9월에 만날 때마다 노을은 새로운 남자 이야기를 했다. 어느 남자든 100일을 넘기지 않으면서도 매번 열렬하게 진심을 토로했다.

이 남자는 진짜야. 하나부터 열까지 잘 맞아. 드디어 내 짝을 만난 것 같아.

노을이 사랑에 빠져 있을 때는 차라리 나았다. 헤어진 직후─다음 남자를 만나기 직전─에는 만나자마자 눈물을 훔쳤고, 밥도 제대로 못 먹는다면서 술은 있는 대로 들이켜서 결국은 길바닥에서 엉엉 울기 일쑤였다. 유영은 노을의 이야기에 맞장구치면서도 현아의 눈치를 살피며 적당히 이야기를 끊었지만 노을이 본격적으로 울면 끌어안고 같이 울었다. 그쯤 되면 현아는 먼저 자리를 떴다.

쓸모없는 관계. 비생산적인 만남. 진저리 나게 반복되는 패턴. 현아는 이렇게 소모적이기만 한 관계를 위해 써야 하는 시간과 에너지가 아깝기만 했다. 발전적이지 않은 관계를 이어나가는 건 현아답지 않았다. 현아는 더는 못 참겠다고, 이젠 끊어내야겠다고 마음먹었다.

✳

　우리 클럽 가자.

　7월, 노을의 스물다섯 살 생일이었다. 노을은 생일날 클럽에 가고 싶다고 했다. 당시 노을은 100일을 갓 넘긴 남자 친구와 권태기라며 일주일에 세 번씩 클럽에 다니는 중이었다. 클럽에 다녀와서는 그래도 남친만 한 사람이 없다, 나이가 들어서 환승 이별도 이제 쉽지 않다, 이러다 결혼하게 될까 봐 무섭다고 늘어놓았다. 생일 파티랍시고 클럽에 가서도 똑같은 말을 늘어놓을 게 뻔했다.

　현아는 유영에게 전화를 걸었다.

　"나 안 갈래."

　"갑자기 왜 그래."

　"너도 알잖아. 나 노을이 싫어하는 거."

　"아냐, 너 노을이 안 싫어해. 내가 알아. 네가 싫은 애를 지금까지 만났다고?"

　"너 때문에 만난 거야."

　현아의 말에 유영이 짧게 한숨을 쉬었다.

"그래도 만나면 재밌잖아."

"하나도 재미없어. 그리고 클럽 가기 싫어."

"그럼 내가 다른 데 가자고 해볼게."

"그냥 둘이 가."

"둘이 가면 무슨 재미야. 셋이 노는 게 재밌어."

"됐어, 어차피 둘이 더 자주 보잖아. 둘이 놀아."

"갑자기 너 안 온다 그러면 노을이도 이상하게 생각할 거야. 다시 약속 잡자고 그럴 텐데 뭐라고 둘러대?"

"걱정하지 마. 내가 다 설명하고 단톡방 나갈 거니까."

"네가 무슨 말 하는지는 알겠어, 알겠는데……."

유영은 목소리를 깔았다.

"나한테는 너네가 고등학교 때 추억의 전부란 말이야. 너네를 보지 못한다고 생각하면 그 시간 전체가 부정당하는 느낌이라고."

"누가 보지 말재? 노을이랑 둘이 보라니까. 나랑도 둘이 보면 되잖아."

"그건 다르지. 우리는 처음부터 셋이었잖아."

현아는 처음부터 셋이었던 적이 없다고 생각했고, 설령 그렇다고 해도 아무 상관이 없었다. 셋이었든 둘이었든 하나였든 그게 무슨 상관이란 말인가? 이제 와서 어떻게 규정한다 한들 이미 지나가 버린 과거일 뿐이었다. 그러나 현아는 유영

42

이 (특히 과거에 있어서) 지나치게 감상적이라는 걸 알았다. 자신과는 달랐지만 그걸 비난할 마음은 없었다. 유영이 비이성적이라고 느껴질 정도로 감상적이기에 현아에게 좋은 친구로 있어준다는 걸 알았다.

현아를 키워준 할머니가 돌아가셨을 때 유영은 강의에도 들어가지 않고 3일 내내 장례식장을 지켰고, 한 달간 매일 연락해 안부를 확인했다. 그러지 않아도 된다고 반복해서 말했지만 사실 현아는 당시 몹시 외롭고 힘들었고 유영이 큰 힘이 되었다. 현아가 급하게 돈이 필요했을 때도 유영은 이유를 묻지 않고 송금해 주면서 갚지 않아도 된다고 덧붙였다. 그런 일이 반복될 때마다 현아는 유영에게 잘하겠다고 몇 번이고 다짐했다. 유영에게 잘하기 위해, 유영이 아니었으면 진작에 손절했을 노을과 만나서 놀았다. 벌써 6년간을. 이제 현아는 할 만큼 했다는 생각이 들었다.

"나 노을이 더 보기 싫어."

"그럼 이번까지만 나와. 약속을 해놨잖아."

현아는 잠시 생각했다. 유영의 말이 맞았다. 노을의 생일 파티를 언제 하면 좋겠냐고 유영이 단톡방에 물었을 때 현아는 가능한 시간을 올렸고, 같이 약속을 잡았다.

"그럼 진짜 이번 생일까지만 놀 거야. 이게 마지막이야. 9월 내 생일부터는 셋이 안 놀아. 진짜야."

유영은 뭐가 고마운지 몇 번이고 고맙다고 했다.

"그럼 우리 마지막이니까 이번에 진짜 재밌게 놀자. 졸업 파티처럼."

*

현아의 애인, 기준은 그녀가 클럽에 간다는 말에 크게 동요하지 않았다. 다음 날 괜찮겠냐고 물은 게 다였다. 노을의 생일 다음 날 오전에 호주 이민 설명회가 있었다.

"어렵게 신청한 거라 취소 못 하는데."

"갈 거야."

"늦게까지 놀 거 아냐? 술도 많이 마실 텐데."

"괜찮아. 설명회에는 안 늦을 거야."

현아는 클럽에서 대충 분위기만 맞추다가 일찍 빠져나올 거라는 말은 하지 않았다. 기준을 의식해 그러겠다는 말처럼 들릴 것 같아서였다. 친구의 생일에 클럽에 가는 일이 애인을 의식해야 하는 일이라고 생각하지 않았고, 기준이 그렇게 생각할 빌미를 주는 것도 싫었다. 기준에게는 이미 몇 주 전부터 친구들을 만난다고 말해놓았고, 그거면 됐다고 생각했다.

"그럼 등산은 못 하겠지?"

현아와 기준은 매주 일요일이면 등산을 했다. 올해 말까

지 서울의 산을 모두 정복하는 게 목표였고, 순조롭게 목표 달
성을 향해가고 있었다.

"클럽 다녀오는 건 상관없는데 생리할 것 같은데…… 전
날 상황 봐서 미리 알려줄게."

"아, 그렇네. 할 때 됐네."

"나 생리하면 우리 집에 가서 밥해 먹자. 내가 맛있는 거
해줄게."

"됐어, 생리하는데 무슨 요리를 해."

"나 생리통 별로 안 심한 거 알잖아."

"그래, 그럼 등산 안 가면 집에서 요리해서 먹는 거로 하
자. 장은 내가 볼게. 전날 뭐 살지 알려줘, 새벽 배송으로 너희
집에 보내놓을 테니까. 설명회 끝나고 집에 가서 요리하고 나
면…… 다섯 시간 정도는 있겠다."

기준은 핸드폰을 꺼내 넷플릭스 앱을 열어 '호주 이민'
이라고 만들어놓은 계정으로 들어갔다. 재생 목록에는 호주
영화와 드라마가 있었다. 기준과 현아는 자막 없이 호주 드라
마를 보는 연습을 하고 있었다.

"이거 끝낼 수 있겠다, 이 시리즈."

아버지가 아들의 전 부인과 재혼을 하고, 그 사이에서 낳
은 아이가 알고 보니 옆집 남자의 아이라는 막장 서사가 끝도
없이 이어지는 드라마였다. 현아와 기준은 드라마의 각본은

물론이고 연기와 연출 역시 최악이라는 데에 의견을 같이했지만 둘 중 누구도 그만 보자는 말을 하지 않았다. 기준이 보기 싫다고 하면 현아는 전혀 개의치 않고 혼자 봤을 테지만 그래도 같이 보는 게 좋았다. 현아와 기준이 '호주 이민'이라는 같은 목표를 가지고 있고, 그 목표를 위해 최악의 드라마를 참고 보는, 같은 노력을 들이고 있다는 느낌이 좋았다. 현아와 기준은 시드니의 어학원에서 만나 연인이 되기 전부터 결혼 비자를 이야기했고, 연인이 되고서는 결혼보다 이민을 먼저 준비했다. 현아와 기준의 하루하루는 5년 뒤의 호주 영주권 취득을 향해 촘촘히 계획되어 있었다. 노을의 생일을 기념해 클럽에 가는 날도 예외가 될 수는 없었다. 다음 날 호주 이민 설명회에 최상의 컨디션으로 임하기 위해 늦지 않게 귀가하는 건 물론이고, 감정과 에너지도 최소한으로 쓸 예정이었다.

*

노을은 여기가 강남에서 제일 핫한 라운지 바라고 했다.
"현아 클럽 싫어하잖아."
노을의 말이 맞았다. 현아는 노래방이나 클럽을 좋아해본 적이 없었다. 라운지 바에서 셋이 술을 마시는 편이 훨씬 나았고, 그렇다면 유영이 바라는 대로 졸업 파티라 생각하고 마지막을 기념하며 재미있게 놀 수도 있겠다고 생각했다.

"나 속눈썹 붙였어, 봐봐."

노을이 눈을 깜빡이고 유영은 티 안 나게 잘 붙였다고 호들갑을 떨었다. 유영은 현아도 화장이 잘 먹었다고 말했다. 셋은 서로의 화장과 복장을 꼼꼼히 살폈다. 현아의 원피스는 큰 키와 길쭉한 팔다리를 더 돋보이게 했고, 유영의 머리는 미용실에 다녀온 것처럼 완벽했으며, 노을의 화장은 누가 봐도 파티의 주인공다웠다. 셋은 깔깔대며 라운지 바가 있는 언덕을 걸어 올라갔다. 무더운 날씨에 땀이 흘렀지만 하이힐이 가파른 언덕길을 받쳐주어서 가볍게 오를 수 있었다.

바닥부터 천장까지 이어져 있는 거대한 철문을 열고 들어가니 일렬로 달린 커다란 샹들리에가 가장 먼저 눈에 띄었다. 실내는 분홍빛이 가득했다. 좁은 타원형 바가 중앙에 길게 놓여 있었고, 그 안에서 검은색 넥타이를 한 바텐더들이 문신으로 뒤덮인 팔을 드러내고 바쁘게 움직였다. 바 양옆에 놓인 수십 개의 높고 작은 원형 테이블에는 타이트한 옷을 입은 여자들이 빽빽이 서 있었다. 오른쪽 전면 창을 포함한 삼면의 벽에 가까워질수록 바닥이 높아지는 계단식 구조였는데, 가장 안쪽 제일 높은 층의 테이블을 둘러싼 소파에는 세미 정장을 입은 남자들이 앉아서 라운지 바 전체를 내려다보고 있었다. 현아와 유영, 노을은 바 왼쪽의 원형 테이블로 인도되었다.

분홍색 조명에다 대리석 테이블에 놓인 촛불이 얼굴을 비추어 유영과 노을의 얼굴은 무척 상기되어 보였다. 노을은 분위기가 좋다면서 샴페인을 마시자고 했다. 치즈 플래터에 새우 요리까지 시키면서 셋의 목소리는 점점 높아졌다.

"저기요."

검은색 셔츠와 검은색 슬랙스를 입은 남자가 불쑥 나타나 말을 걸었다.

"남자들이랑 노실래요?"

"네?"

유영이 되묻고 현아 역시 그를 빤히 보았다. 이제 겨우 자리에 앉았는데 헌팅을 하다니. 얼마나 급했으면. 그런데 그는 급한 기색이 없었다. 모르는 여자에게 같이 놀자고 제안하는 사람이 보일 법한 긴장도 느껴지지 않았다. 도리어 묘한 권태가 풍겨 나왔다. 헌팅을 하도 해서 지겨우니 거절할 거면 빨리하라는 듯한 얼굴을 하고 있었다.

현아와 유영, 노을이 아무 대답을 하지 않자 남자는 금세 자리를 떴다.

"뭐야?"

"저희랑 노실래요?도 아니고 남자들이랑 노실래요?가 뭐야? 너무 이상하지 않아?"

현아와 유영이 떠드는 사이 다른 남자가 다시 테이블에

48

몸을 붙였다. 이번에는 동그란 안경을 쓴 남자였다.

"남자 테이블에 가실래요?"

"네?"

이번에도 유영은 그게 무슨 말이냐고 되물었다. 이 남자의 표정에도 권태가 깃들어 있었다. 현아는 그것이 직업적 권태라는 걸 알아채고 손을 내저었다.

"아뇨, 관심 없어요."

두 번째 남자 역시 아무런 미련 없이 빠른 걸음으로 사라짐과 동시에 그들 테이블에 샴페인이 도착했다. 몸에 달라붙는 하얀 셔츠에 검은색 넥타이를 한 직원이 영문 레터링 문신으로 가득 찬 팔에 힘줄을 세우며 샴페인 뚜껑을 따 셋의 잔에 따라주었다. 직원이 살짝 몸을 굽히고 떠나자 현아가 노을에게 물었다.

"여기 부킹해 주는 데야? 고급 버전 헌팅 포차 이런 거야?"

노을은 씩 웃으면서 어깨를 으쓱해 보였다. 현아가 재촉하자 노을은 그런 것 같다고 말을 얼버무렸다. 그러니까 셋의 테이블을 찾은 남자들은 일종의 사복 웨이터로 여자들을 남자 테이블로 데려가 부킹해 주는 일을 하는 거였다.

"난 싫은데."

현아가 주저하지 않고 말했다.

"싫으면 도로 오면 돼."

49

"그럴 걸 뭐 하러 가."

"좋으면 남아 있고."

"그게 싫다니까?"

현아의 목소리가 날카로워질 기미가 보이자 유영이 얼른 잔을 들었다. 셋은 살굿빛 기포가 보글보글 올라오는 가느다란 잔을 부딪쳤다.

"노을아, 생일 축하해."

탄산이 목을 타고 따갑게 흘러내리는 걸 느끼며 현아는 하고 싶은 말을 삼키고, 대신 생일 축하한다고 말했다.

"고마워."

노을의 미소와 목소리에는 억지스러운 구석이 있었다. 자신의 얼굴과 목소리도 그러하리라고 현아는 생각했다. 이러나저러나 샴페인은 달고 시원했다. 셋은 잔을 비우기 무섭게 채워가며 벌컥벌컥 마셨다. 금세 한 병이 동이 났다. 두 번째 병은 자신이 사겠다며 유영이 바에 갔고, 현아의 핸드폰이 울렸다.

남자애들이랑 딱 한 번만 합석하자. 그냥 친구의 친구 소개받는다고 생각하면 되잖아. 싫으면 아무 말도 안 해도 되고. 노을이가 되게 기대하는 것 같아서 그래. 오늘 노을이 생일이잖아.

유영은 무릎 꿇고 사정하는 이모티콘을 여러 개 보냈다.

50

현아가 답장을 고민하는 사이 유영이 검은 티셔츠를 입은 남자와 함께 테이블로 왔다.

"진짜 괜찮은 애들이래. 잠깐만 다녀오자."

유영이 현아의 팔짱을 끼면서 부드럽게 잡아당겼다. 현아는 순식간에 얼굴이 환해진 노을을 보면서 천천히 일어났다. 셋은 남자를 따라 계단처럼 높아지는 바닥을 하나씩 올랐다.

노란 조명이 아래서 뿜어 나오는 테이블 가득히 양주를 깔아놓고 있는 남자 세 명은 소파에 몸을 묻은 채로 현아와 유영, 노을에게 고개를 까닥였다. 사복으로 변장한 웨이터가 현아와 유영, 노을을 남자 세 명의 옆자리에 하나씩 끼워놓고 사라지자 현아의 옆에 있는 남자가 술잔을 건넸다. 현아는 고개를 저었는데 유영과 노을은 이미 술을 받고 있었다.

"안 마시는 거야, 못 마시는 거야?"

현아에게 몸을 바짝 붙이고 있는 얼굴이 퉁퉁한 남자는 술 냄새가 났다.

"마시기 싫어서요."

"셋은 친구?"

남자는 20대 초반처럼 보였는데 반말을 했다.

"근데 내가 누나 같은데."

"몇 살인데?"

"너보다는 많아."

남자는 웃음을 터뜨렸다. 술 냄새가 지독해 현아는 얼굴을 돌렸다.

"아, 내가 또 누나 좋아하지. 술 진짜 안 마셔? 안 마시면 후회할걸? 이거 엄청 좋은 술이거든."

남자가 술잔을 다시 건넸고 현아는 손으로 밀었다. 그리고 큰 소리로 유영을 불렀다.

"여기서 놀 거야? 나는 갈게."

유영이 곤란하다는 표정으로 노을을 살폈고, 현아는 둘의 대답을 기다리지 않고 일어났다. 자리로 돌아오자 유영이 주문한 샴페인이 와 있었고, 현아는 혼자 잔을 채웠다.

현아가 잔을 비웠을 때 유영과 노을이 돌아왔다.

"야, 왜 혼자 마셔?"

유영이 자신의 잔을 현아의 앞으로 내밀었다. 현아가 유영의 잔에 이어 노을의 잔을 채우는 동안 노을은 핸드폰을 들여다보았다.

"바로 톡 왔네. 프사 봐봐."

노을이 내민 핸드폰에는 얼굴과 다리의 비율이 도저히 인간의 것이 아닌 남자가 있었다. 남자는 턱을 든 채로 담배를 입에 물고 빨간색 스포츠카 문에 기대어 있었다. 이런 사진을 프사로 해놓는 사람이 진짜 있다니, 믿을 수 없었다. SNS 전

설에서나 등장하는 사진 아니었어?

"답장할 거야?"

유영의 말에 노을은 웃으면서 고개를 저었다.

"내가 미쳤냐?"

"그럼 애초에 번호는 왜 준 거야?"

현아는 자신의 말에 노을이 불쾌해하리라는 것을 알았지만 신경 쓰지 않았다. 현아는 노을을 이해할 수 없었다. 현아가 이해할 수 없었던 건 노을이 답장하지 않을 남자에게 연락처를 줬다는 사실이 아니라, 답장하지 않을 남자에게 연락이 온 걸 즐거워하고 있는 거였다. 별 볼 일 없는 남자들에게 관심을 얻으면서 자신의 가치를 확인하려 들다니, 한심했다.

노을은 현아로부터 고개를 돌리고 아무 말 없이 샴페인을 들이켰다. 유영이 현아와 노을의 얼굴을 살피고는 샴페인 병을 들어 둘의 잔에 따르고 자신의 잔을 들었다.

"노을아, 생일 축하해."

이번에는 현아도, 노을도 대답하지 않았다.

"여기 남자 물 별로인 것 같아, 그치? 이제 우리끼리 재미있게 놀자."

유영의 말에 노을은 성의 없이 끄덕이고는 현아와 유영에게서 몸을 돌려 테이블을 등진 채로 이리저리 주변을 살폈다. 두 번째 샴페인을 다 비우고 현아가 새로 주문한 세 번째 샴페인도 거의 다 비우는 동안 노을은 별말 없이 주위를 두리 번거리기만 했다. 누가 봐도 남자를 기다리는 모습에 현아는 짜증이 났다. 생일은 핑계고, 친구도 핑계고, 결국 남자 만나 러 온 거지. 그래, 당연하지. 강노을한테 처음부터 뭘 기대한 거야? 그런데 이럴 거면 소개팅 앱으로 남자를 만나지 왜 친 구를 달고 다녀?

"야, 강노을. 우리끼리 재미있게 놀자며."

현아의 말에 노을은 고개를 홱 돌려 현아를 쏘아보았다.

"우리끼리 놀고 있잖아."

"너 우리한테 한마디도 안 하거든."

"아, 나보고 뭘 어쩌라고!"

노을이 난데없이 소리를 질렀다. 당황한 동시에 화가 난 현아가 할 말을 정리하는 사이 흰 셔츠를 입은 남자가 다가와 서 남자들이랑 놀겠냐고 물었다. 잔뜩 구겨져 있던 노을의 얼 굴이 순간 펴지면서 속눈썹을 붙인 커다란 눈이 현아와 유영 의 눈치를 살폈다.

"너는 이 와중에 부킹을 또 가고 싶냐?"

현아의 말에 노을의 얼굴이 다시 굳었다. 웨이터는 빠르 게 그들을 떠났다.

"넌 진짜 남자 없이 못 살아?"

노을은 현아를 노려보다가 고개를 떨구었다.

"씨발."

중얼거리듯이, 그러나 현아와 유영에게 선명히 들릴 정도로 큰 소리로 말하고는 노을은 고개를 들어 빨개진 눈으로 현아를 보았다.

"넌 왜 나만 보면 지랄인 건데? 그렇게 싫으면서 도대체 왜 만나?"

"어, 그래서 이제 안 보려고."

현아는 백을 들고 일어나 문쪽으로 빠르게 걸었다. 사복 변장을 한 웨이터가 다가와 남자 테이블로 데려가 주기를 기다리는 여자들을 지나쳤다. 소파에 기대앉아 사냥감을 훑어보듯 장내를 내려다보는 남자들 쪽은 돌아보지 않았다. 현아는 이곳이 얼마나 잘못되었는지, 그리고 이곳을 빠져나가는 자신의 결정이 얼마나 올바른지 잘 알았다.

밖은 여전히 더웠다. 언덕길을 휘적휘적 내려가면서 현아는 노을에게 마지막으로 해야 했던 말들, 몇 년간 참아왔던 말들, 노을이 듣고 깨달아야 하는 말들이 아직도 목에 걸려 있는 것을 느꼈다.

"현아야!"

유영이 뛰어와 현아의 팔을 양손으로 붙잡고 이렇게 가면 어떡하냐고 우는소리를 했다.

"어차피 오늘이 마지막이라고 했잖아. 차라리 잘됐어."

"너 진짜 우리 안 볼 거야?"

"강노을을 안 본다는 거야."

"안 볼 때 안 보더라도……. 이렇게까지 안 좋게 끝낼 필요가 뭐가 있어?"

"좋게 끝내는 건 또 뭐야? 손절이 손절이지."

"우리가 몇 년 친구인데……."

수년이 아니라 수십 년이어도 자신에게는 무의미하다고 현아가 말하려는데 노을의 목소리가 끼어들었다.

"이유영."

돌아보니 노을이 언덕 위 건물 앞에서 팔짱을 끼고 서 있었다. 노을은 다시 한번 유영을 불렀다.

"가겠다는 애 내버려 둬. 우리끼리 놀자."

노을은 담배를 꺼내 피웠다. 유영은 금방이라도 울 것 같은 얼굴로 현아와 노을을 번갈아 보았다. 현아는 자신의 팔을 붙잡고 있는 유영의 손을 잡아서 뗐다.

"그래, 넌 남아 있어. 나 먼저 갈게."

"그럼 딱 한 잔만 더 하고 가. 응?"

"마실 만큼 마셨어."

"그러지 말고. 좀 풀고 가."

"뭘 풀어? 너도 그만 좀 해."

현아는 더 참지 못하고 유영에게 소리쳤다.

"왜 자꾸 싫다는 사람한테 그래? 나도 싫고, 쟤도 싫다는데. 그거 다 네 만족이잖아."

유영은 아무 말 없이 현아를 올려다보았다. 유영의 눈에 눈물이 차올랐다. 노을이 담배를 들고 둘에게 다가왔다.

"그래, 이유영. 너 그만해."

"왜 둘 다 나한테 그래."

유영이 고개를 떨구고 눈물을 훔쳤다.

"네가 문제야."

노을이 유영의 앞에 서서 말을 이었다.

"너 나 무시하지?"

마스카라가 번져 눈가가 검어진 유영이 그제야 노을을 돌아보았다.

"그게 무슨 말이야? 내가 언제 너를 무시했다고……."

"너는 내가 되게 멍청하다고 생각하잖아. 그런데 나는 다 안다? 너 가식 떠는 거."

노을은 담배를 깊이 빨아들이고는 바닥에 던졌다. 끝이 빨갛게 타들어 가는 담배가 노을의 은색 하이힐에 짓밟혔다.

"강노을 맛이 갔네. 너도 나랑 같이 가."

현아가 유영을 잡아끌었다. 유영은 자리에 서서 버텼다.

"그게 무슨 말이냐니까?"

"너 쟤 싫어하잖아, 아냐?"

노을이 유영에게 말했다. 유영은 노을을 마주 보고 있었다. 눈도 깜빡이지 않았다. 현아는 유영의 금세 마른 눈을, 눈가에 번진 마스카라 자국을, 단단하게 다물고 있는 입술을 보았다. 유영은 현아에게 시선을 주지 않았다. 현아는 고개를 돌렸다. 노을이 현아를 보고 있었다.

"너는 모르지?"

노을이 담배를 새로 하나 꺼내서 불을 붙이며 현아에게 말했다. 노을이 담배를 깊이 빨아들이고 연기를 내뿜는 과정이 필름을 천천히 감는 것처럼 느리게 느껴졌다.

"너는 진짜 아무것도 몰라."

＊

현아는 택시를 타고 가다가 자신의 집에 다 와서 도착지를 바꿀 수 있냐고 물었다. 기준의 집에 가려면 다시 강남 방향으로 돌아가야 했지만 택시기사는 별다른 불평을 하지 않았다.

기준의 집에 도착했을 때는 이미 새벽 1시가 넘어 있었다. 기준은 자고 있을 것이다. 핸드폰은 무음일 것이고, 현아가 아무리 메시지를 보내고 전화를 걸어도 기준이 대답할 일

58

은 없을 것이다. 그걸 알면서도 현아는 기준에게 자냐고 톡을 보내고 문자를 보내고 전화를 했다.

개 완전 미친년인 거 알지. 지 수틀리면 아무 말이나 막 하거든. 개는 사람에 대한 기본적인 예의가 없어. 그냥 지 감정에만 차 있는 애들 있잖아. 세상에 자기만 있는 애들. 개는 이 세상에서 자기가 제일 솔직한 줄 알아. 그게 다 무식하고 무례한 건데. 한 소리 해줬어야 했는데. 아니다. 개는 멍청해서 알아듣지도 못했을 거야. 개가 어떤 앤 줄 알면서 이제까지 계속 만난 내가 잘못이지. 진작에 손절했어야 했는데. 내가 이제까지 유영이 때문에 개 본 거 알잖아. 유영이가 사람을 잘 끊어내지를 못하니까. 이제는 유영이도 개한테 정이 떨어졌겠지. 잘됐어. 이제 셋이 모일 일은 영원히 없을 테니까. 근데 유영이가 상처받은 건 아닌가 걱정되네. 개가 자기 분을 못 이겨서 아무렇게나 싸질러 댄 말에 유영이가 상처받으면 너무 억울하잖아. 개가 한 말은 그냥 다 말이 안 되니까. 하나부터 열까지 말이 되는 게 하나도 없어. 나랑 유영이 사이 갈라놓으려고 그러는 거지. 내가 지 안 본다니까 유영이도 못 보게 하려고. 진짜 유치하지 않아? 유영이가 날 싫어한다고? 이게 말이 돼? 말이 안 되잖아. 정말 너무 말이 안 되잖아.

현아는 기준에게 전화해 밤새도록 노을을 욕하고 싶었다. 노을이 평소 했던 말들을 모조리 끄집어내 그 애가 얼마나

59

충동적이고 비논리적인지, 그러니 오늘 노을이 한 말도 처음부터 끝까지 얼마나 말이 안 되는지 증명하고 싶었다. 그러나 기준은 전화를 받지 않았다.

집에 가는 길에 전화해 봤어. 취한 거 아냐. 내일 봐.

현아는 기준의 집 앞에서 다시 택시를 불렀다. 기준에게 노을의 이야기를 하는 일은 없을 것이다. 이제 현아의 인생에 노을은 존재하지 않았다.

＊

호주 이민 설명회에서 현아와 기준은 이미 다 알고 있는 것을 확인했을 뿐이었다. 대도시 이외의 지역에 거주하면 받을 수 있는 영주권 추가 점수를 대충 메모하면서 현아는 유영에게서 아무런 연락이 오지 않았다는 사실을 상기했다. 유영은 만나고 헤어지면 곧장, 오늘 너무 재밌었다고 집에 도착하면 연락 달라는 톡을 했다. 한 번도 거르는 법이 없었다. 그러나 어젯밤부터 오늘 아침까지 유영은 연락이 없었다. 현아는 설명회가 끝나면 유영에게 전화해 봐야겠다고 생각하며 설명회 자료집을 뒤적였다. 자료집 마지막 장에 유영이 시드니에

왔을 때 함께 데이 투어를 갔던 산이 있었다. 현아는 유영과
통화하면서 그 산 이야기를 해야겠다고 생각했다.

*

'파란 산'이라는 국립공원에 가기 위해 현아와 유영은
한국인 가이드가 인솔하는 투어 버스를 타고 있었다. 국도 중
간의 카페에서 버스가 멈췄고, 가이드는 호주에서 가장 맛있
는 애플파이를 파는 집이라며 한 명도 빠짐없이 내려야 한다
고 했다.

지평선이 보이는 황량한 벌판에 서 있는 이동식 간이 건
물에서는 애플파이와 커피만을 팔았다. 현아와 유영은 애플
파이를 하나 사서 반씩 나눠 먹고, 맛있어서 하나를 더 시켜
먹었다. 두 번째 애플파이 반쪽을 세워 들고 카페 뒤편의 벌판
을 걷는데 유영이 소리를 질렀다.

"뱀!"

유영이 가리킨 곳에는 1미터가량의 검은색 뱀이 있었다.
자세히 보니 배가 빨갰다. 현아가 다급하게 독성이 있는 뱀인
지 알아보는 동안 뱀은 빨간 배를 천천히 움직여 둘에게서 멀
어졌다. 유영은 한 손으로 현아를 잡은 채 다른 손에 들고 있
던 핸드폰으로 뱀의 사진을 찍었다.

"대자연이야."

유영이 감탄사를 내뱉었고, 현아는 독이 있는 뱀이니 돌아가자고 유영을 끌었다.

그날 밤 둘은 싱글 침대에 나란히 누웠다. 유영은 뱀 이야기를 다시 꺼냈다. 그러고는 아무 맥락 없이 현아와 사는 궁합이 잘 맞는 것 같다고 말했다.

"나중에 호주 와서 같이 살면 좋겠어."

유영의 말에 현아는 그러려면 언제 호주에 다시 오는 것이 좋은지, 영주권을 따려면 호주 대학원에서 무슨 전공을 해야 하는지, 대학원에 가려면 돈을 얼마나 모아야 하는지 떠들었다. 옆에 붙어 누운 유영이 끄덕이는 게 느껴졌다.

"네가 있으면 걱정 없지."

유영의 목소리에는 잠이 묻어 있었다. 얼마 지나지 않아 유영의 숨소리가 고르게 잦아들었고, 현아도 이내 잠이 들었다.

가족보다 가까이 지낸 친구가 있었다. 그 친구와 연락이 끊겼을 때 나는 무척 슬펐다. 내가 얼마나 그 친구를 몰랐는지에 대해 오래 생각했다. 그게 미안했다.

이 소설에는 그 친구의 외양이나 성격, 일화 같은 것들이 전혀 들어 있지 않다. 그럼에도 이 소설을 쓰면서 그 친구를 많이 생각했다. 순전히 나의 방식으로 그 친구에게 닿고 싶다고 생각했다.

이 소설을 읽는 독자들이 잃어버린 친구에 대해 생각할 수 있다면 좋겠다. **MBTI**에서 가장 좋은 게 그런 거 아닐까. 친구가 나와 무척 다르다는 걸 알게 되고, 친구가 그렇게 다른 걸 전혀 모르고 있었다는 걸 알게 되는 것.

T

서수진　장편소설《코리안 티처》,《유진과 데이브》,《올리앤더》가 있다.

J

서유미

다른 미래

진은 평상에 앉아서 비 내리는 바다를 바라보았다. 먼 곳에서 일어난 파도들이 키를 높이며 밀려오다 제각각 부서졌다. 하늘이 바다와 비슷한 톤으로 흐려서 시간을 가늠하기 어려웠다. 비는 그칠 것 같지 않았다. 캐노피가 설치되어 있는데도 나무로 된 평상의 바닥이 다 젖었다. 넓은 바다 안에는 열 명 남짓한 사람들이 멀찍이 떨어진 채 해수욕을 하거나 파도를 맞았다. 그들 중에 일곱 살된 손녀와 딸 희영, 사위도 있었다.

이런 날씨에 바다라니. 진은 속으로 투덜거리며 휴대용 돗자리를 꺼냈다. 세 개의 가방이 젖지 않게 그 위에 덮었다. 뜨겁고 메마른 모래도 별로지만 축축하게 엉겨 붙는 모래도 마음에 들지 않았다. 호텔에서 조식을 먹을 때부터 비가 내렸는데 손녀는 그래도 바다에 가야 한다며 고집을 부렸다. 희영이 곤란해하는 표정을 짓자 사위는 옛날에 비 맞으며 수영해봤는데 색다른 경험이었다며 손녀의 편을 들었다. 진은 설마, 하는 마음으로 전복죽을 떠먹었다.

높은 파도가 한차례 지나가자 손녀와 희영이 소리를 지르며 진의 가까이까지 밀려왔다. 파도에 선캡이 날아가 희영의 얼굴에 젖은 머리칼이 엉망으로 들러붙었다. 바닷물에 완전히 젖은 희영의 몸 위로 비가 계속 내렸다. 어차피 다 젖었으니 상관없다고 하겠지만 진의 눈에는 비를 맞고 있는 희영의 몰골이 몹시 거슬렸다. 희영은 저만치 떠내려가는 선캡을 주우러 뛰어가면서 두어 번 휘청거렸고 그때마다 뭐가 그리 우스운지 큰 소리로 웃었다. 희영이 손을 뻗으면 선캡은 파도 때문에 멀어졌고 물속이라 희영의 움직임은 굼떴다. 사위는 얼굴에 흘러내리는 빗물을 닦으며 희영의 움직임을 흉내 냈다.

외모나 성격 모두 딸보다 사위를 더 많이 닮은 손녀는(그것이 더 나은지 아쉬운 것인지 진은 여전히 판단이 서지 않는다) 분홍색 구명조끼를 입고 허리에 튜브를 낀 채 파도를 보며 흥분해서 소리를 질렀다. 파도가 치면 모래사장까지 밀려났다가 다시 씩씩하게 일어나 바닷속으로 걸어 들어갔다. 물속에서도 스프링을 단 듯 쉼 없이 통통 튀어 올랐다. 그동안의 나들이나 여행에서 손녀는 보호해야 할 대상이었는데 지금은 스스로 파도를 즐기는 것 같았다. 희영과 사위도 물놀이 자체에 신이 난 모습이었다.

우두커니 앉아 있는 진에게만 난감한 시간이었다. 비 내리는 바다는 지루하고 평상에 앉아서 할 일도 없었다. 진은 모자의 챙을 바로잡은 뒤 얇은 리넨 셔츠 위에 묻은 모래를 털어냈다. 바지와 가방에도 모래가 점점이 들러붙어 있었다. 빨리 호텔로 돌아가서 샤워한 뒤 룸이나 라운지에서 시간을 보내고 싶었다. 운전을 해서 혼자 돌아갈 수 있다면 진즉 그렇게 했을 것이다. 진은 침대 옆 탁자에 두고 온 책을 떠올렸다. 휴가를 떠나기 전에 도서관에서 빌린 책은 진보다 나이 많은 여성 작가가 쓴 에세이였다. 간밤에 침대에 앉아 한 챕터 정도 읽었고 새벽에 일어나 조식을 먹으러 가기 전에 한 챕터를 더 읽었다. 작가는 나이가 많은데도 오늘은 무슨 일이 생길까, 인생의 남은 시간에 대해 기대한다고 썼다. 노년에 접어드는 진에게 힘이 되는 책이었다. 예전 같으면 잊지 않고 챙겨 왔을 텐데 출발 전까지 보다가 탁자에 놓고 왔다. 진은 자신의 부주의를 자책하며 책의 다음 내용을 예측해 보았다. 손톱 사이에 낀 금색 모래를 후벼팠다. 가방에서 휴대폰을 꺼내 시간을 확인한 뒤 한 시간만 더 기다려 보자고 스스로를 다독였다. 그 작가라면 분명히 너그러움을 발휘하며 이 시간의 의미를 찾아낼 것이다.

　해수욕을 즐기는 사람이 거의 없어 바다는 황량해 보였다. 파도 소리만 일정한 간격을 두고 반복되었다. 손녀와 딸이 노는 걸 보며 진은 졸음이 몰려오는 걸 느꼈다. 눈을 감았다 떠도 달라진 부분이 없었다. 그래서 해변의 오른쪽 끝자락

T　　J

에 하나씩 천천히 검은색 골프 우산이 나타났을 때는 반가운 기분이 들 정도였다. 우산을 쓴 두 사람은 바다로 걸어갔다가 파도가 오면 모래사장으로 물러나며 진이 있는 쪽으로 이동했다. 비 오는 바다에 볼 게 뭐가 있다고 왔을까. 차를 타고 지나가다 내렸나. 진은 우산 속 남녀를 유심히 보았고 두 사람의 나이가 꽤 많다는 걸 알아차렸다. 염색도 꼼꼼히 하고 몸 관리도 잘했지만 70대가 분명한 남녀는 커다란 골프 우산을 쓴 채 파도 쪽으로 걸어갔다가 도망치기를 반복했다. 큰 파도를 만날 때마다 웃고 감탄하느라 요란스러웠다. 남자는 녹색 피케 셔츠에 검은색 반바지 차림이고 한 손에 내용물이 많지 않은 에코백을 들었다. 여자는 틀어 올린 머리에 선글라스를 얹었고 목과 소맷단, 몸통의 색이 다른 화려한 피케 셔츠에 베이지색 반바지를 입었다. 한 손으로 굽이 낮은 샌들을 든 채 다른 손으로 남자의 팔짱을 끼고 있었다. 두 사람 다 차림새가 화려하고 무엇보다 머리숱이 풍성했다. 얼핏 보면 60대 같지만 목 주름과 표정에서 나이를 숨길 수 없었다. 두 사람의 움직임을 눈으로 좇으며 진은 부부는 아닐 거라고 생각했다. 재혼이라면 모를까. 이제 막 재혼했거나 애인 사이라고 해도 저 나이에 저런 활달함과 다정함은 보기 드문 것이었다.

　두 사람은 웃고 떠들며 해변을 걷다가 진의 옆 평상에 앉았다. 자리를 잡았다기에는 가방은 모래 위에 내려놓고 엉덩

이만 살짝 걸쳐서 잠깐 쉰다는 인상을 풍겼다. 진의 가족이 평상에 앉자마자 모래사장 어딘가에서 달려와 요금을 받아 가던 관리 요원들이 이번에는 코빼기도 보이지 않았다.

평상에 앉아 비를 피하던 두 사람은 바다에 들어갈까 말까 실랑이를 벌였다. 남자는 비 맞으며 파도를 타면 시원하고 좋다며 여자를 설득했고 여자는 비 오는 바다에 왜 들어가느냐며 앉아서 구경이나 하다 가자고 했다.

이런 바다에 언제 또 와보겠어.

또 그 소리다. 나보다 더 오래 살 거면서.

희영과 사위가 손녀와 함께 바다에서 나왔다. 손녀는 양손에 크고 작은 조개껍데기를 잔뜩 들고 있었다. 진은 손녀에게 춥지 않은지 물었다.

— 할머니. 이거 봐.

진은 손녀의 손에 든 것을 건네받았다. 대단하구나.

— 어머님. 한번 들어가 보세요. 시원해요.

— 엄마. 진짜 기분 좋아. 생각하는 거랑 달라.

딸과 사위가 우두커니 앉아 있는 진을 설득했다. 진은 손

을 들어 괜찮다는 의사를 표했다. 손녀가 평상의 가장자리에
조개껍데기를 하나씩 늘어놓았다. 진은 예쁜 걸 잘 골라 왔구
나, 칭찬하고는 그것들이 비를 맞지 않도록 안쪽으로 옮겼다.
날도 흐리고 비가 오는데 기분 좋을 게 뭐람. 진은 딸 내외에
게 언제 돌아갈 거냐고 물을 타이밍만 노렸다.

　　딸은 물이 뚝뚝 떨어지는 손으로 가방을 뒤졌다. 비에 젖
지 말라고 휴대용 돗자리를 덮어두었는데 그런 건 보이지 않
는 듯했다. 여기 넣어놨는데 어디 갔지? 중얼거리며 물티슈,
선크림, 선글라스, 지갑을 평상에 늘어놓았다.

　　—뭘 찾는데?
　　—휴대폰. 사진 좀 찍어주려고.

　　중요한 물건은 파우치에 따로 챙겨 다니라고 몇 번이나
말했는데도 희영은 손에 잡히는 대로 넣어 다녔다. 휴대폰이
안 보이는지 다른 가방 안을 뒤졌다. 그러는 동안에도 몸과 머
리에서 빗물과 바닷물이 계속 흘러내려 가방과 소지품을 적
셨다.

　　—이거 계속 젖네. 우산 있으면 좀 꺼내봐. 여기 씌워놓게.
　　—우산? 안 챙겼는데. 바다에 오는데 누가 우산을 가지

고 와.

그럼 대체 선글라스는 왜 챙겼고 이 무거운 가방 안에 들어 있는 건 다 뭐냐고 묻고 싶었다.

─ 엄마. 나한테 전화 좀 걸어봐.

진은 메고 있던 크로스백에서 휴대폰을 꺼내 희영의 이름을 눌렀다. 희영이 처음 뒤졌던 가방 안에서 진동이 울렸다. 휴대폰이 웅웅대는데도 못 찾고 허둥대는 희영의 모습을 보는 게 답답해서 진은 고개를 옆으로 돌렸다. 늙은 남녀는 꼭 붙어 앉아서 바다를 보고 있었다. 바다를 처음 보는 사람들처럼 진지한 표정이었다. 희영은 가방 밑바닥에서 휴대폰을 겨우 꺼내더니 손녀가 늘어놓은 조개껍데기를 찍고 바다에 들어가는 손녀의 뒷모습도 찍었다. 손녀가 파도를 타고 넘어지고 웃는 모습을 옆에서 찍으며 덩달아 휘청거렸다. 진은 희영이 휴대폰을 물에 빠뜨릴까 봐 조마조마했다. 요즘 젊은 사람들은 방수팩에 넣어 목에 걸고 다니던데. 물속에서까지 사진을 찍겠다고 요란을 떠는 것도 보기 싫었지만 희영처럼 아무준비 없이 다니는 것도 마음에 안 들었다.

T
J

　　어쩌다 이 여행에 따라나섰을까. 그동안 딸네 가족이 여행을 떠나거나 여름휴가를 가면 진은 나름의 계획을 세워 휴가를 보냈다. 차를 오래 타는 것도 싫고 사람들이 북적이는 곳에서 밥을 먹고 바가지요금을 지불하는 상상만으로도 번잡스러웠다. 손녀의 종알거리는 소리가 들리지 않는 집에서 며칠을 고요하게 보냈다. 하루는 옷장과 서랍을 다 열어 대청소를 하고 하루는 마트에서 장을 봐 와서 밑반찬을 만들었다. 친구들과 약속을 잡고 만나서 밥도 먹고 영화도 보았다. 딸네 가족과 휴가를 같이 보낸 적이 한 번도 없는데 이번에는 바다가 보이는 호텔을 어렵게 예약했다는 말에 솔깃해졌다. 희영은 아무것도 챙기지 말라고 했고 편하게 쉬고 오자고 했다. 진도 오랜만에 푸른색의 진짜 바다가 보고 싶어서 그러자고 했다.

　　비 내리는 바다를 보면서 진은 아직도 인생에 예측 불가능한 일이 많구나, 생각했고 남은 인생에도 그런 일이 찾아오겠지, 그건 어떤 기분일까, 지금으로선 알 수 없다고 생각했다.

　　진의 삶에는 남편의 죽음이라는 큰 파도가 다가왔고 그 파도는 20년 전에 진의 머리 위로 쏟아진 다음 온몸을 다 적신 뒤에야 발끝으로 빠져나갔다. 희영이 대학에 입학한 해의 여름이었고 여름휴가를 떠나기 일주일 전이었다. 아침부터 비가 내렸고 남편은 지방 출장을 가던 길이었다. 뉴스에서는 태풍이 북상 중이고 긴 장마가 될 거라고 예보했다. 남편의 차가

서울을 빠져나간 지 얼마 지나지 않아 3중 추돌사고가 일어났다. 남편이 운전하던 차는 SUV와 대형 화물차 사이에 끼었다.

장례식의 절차를 모두 마무리한 뒤 아파트 현관문 앞에 도착했을 때 진과 희영을 기다리고 있던 건 남편이 구독하던 신문이었다. 요구르트는 지인에게 부탁해서 배달을 미뤄두었는데 신문은 3일 치가 현관문 앞에 무질서하게 놓여 있었다. 희영이 현관문의 비밀번호를 누르는 동안 진은 신문을 주우며 내일 보급소에 연락해 구독을 끊어야겠다고 생각했다.

문을 열고 들어왔을 때 진은 집 안의 모든 것이 제자리에 있다는 사실에 어리둥절하면서도 안도했다. 퉁퉁 부은 얼굴로 소파에 드러눕는 희영을 겨우 일으켜 욕실로 들여보낸 다음 장례식장에서 가져온 짐을 부엌에 대충 쌓아놓았다. 하나하나 펼쳐서 버리고 씻고 세탁해서 정리하고 싶은 마음을 꾹 눌러둔 채 앞뒤 베란다의 창문을 열고 환기부터 시켰다.

자고 일어나서 씻을 거라고, 자게 내버려 두라고 투덜거리던 희영은 막상 씻으러 들어가서는 나올 생각을 하지 않았다. 짐을 보면 정리하고 싶어질 것 같아 진은 간단하게 손만 씻은 뒤 신문지를 펴고 그 앞에 앉았다. 끝이 지저분하고 갈라진 손톱이 거슬렸다. 남편은 덤벙대고 정리를 잘 못하는데 손발톱을 깎을 때만큼은 신문지를 단정하게 펴고 그 앞에 앉았다. 깎은 손발톱은 휴지통에 버리고 신문지는 잘 접어 재활용

T   J

박스에 넣었다. 진은 손톱과 발톱을 깎으며 신문지 앞에 몸을 구부리고 앉던 남편을 떠올렸다.

　욕실 문이 열리며 부연 수증기와 함께 얼굴이 붉게 부풀어 오른 희영이 나왔다. 진은 자신도 모르게 욕실이 엉망이겠구나, 생각했다. 샤워를 하려다 욕조에 물을 받고 목욕용 소금을 부었다. 뜨거운 물속에 들어가 고개를 뒤로 젖히자 상복을 입고 있던 동안 경직되었던 몸이 조금씩 풀어졌다. 온몸에 배어 있던 향내, 땀, 눈물과 의아함이 천천히 물에 녹았다. 희영도 이런 마음으로 욕실에 오래 있었을 것이다. 이제 희영은 슬플 때 엄마의 품에 안겨 우는 아이가 아니었다.

　흐릿해진 거울을 손바닥으로 문지르자 살이 내려 주름이 두드러진 얼굴과 그 사이 삐죽삐죽 올라온 흰머리가 보였다. 진은 거울의 표면을 닦으며 내일은 염색을 해야겠다고 마음먹었다. 자신을 지키지 않으면 생활은 엉망이 될 것이고 이 삶은 어디론가 쓸려가 버리게 될 것이다. 진은 쌍화탕을 한 포 데워서 몸살약과 함께 먹었다. 희영의 방문에 노크를 한 뒤 잠시 서 있었다. 문을 열고 들어가 볼까 하다가 푹 자라고 말한 뒤 안방으로 와서 침대에 누웠다. 눈을 감으면 남편의 죽음이 파도처럼 덮치던 바다 한가운데에 서 있는 것 같았다.

　다음 날 아침에 진은 거실로 나와 햇빛이 내리쬐는 창문을 바라보았다. 늘 일어나던 시간에 저절로 눈이 떠졌고 남편이 일찍 일어나 먼저 출근한 여느 아침 같았다. 진은 남편의 몫으로 사두었던 홍삼을 한 포 꺼내 마신 뒤 냉장고에 붙여둔 포스트잇을 떼어냈다. 전립선약, 탈모 샴푸 주문은 다른 세계의 일이 되었다. 진은 냉동실 맨 아래 칸에서 얼려둔 곰국을 꺼내어 놓고 쌀을 씻어 밥통에 안쳤다. 전날 벗어놓은 희영과 자신의 옷, 양말, 속옷을 버려야 하나 고민하다가 세제를 넣고 살균 코스를 눌렀다. 그리고 식탁에 앉아 포스트잇에 신문 구독 취소, 요구르트 배달 취소, 염색, 이라고 쓴 뒤 냉장고에 붙여놓았다. 밥이 되는 소리를 들으며 다이어리를 폈다. 페이지를 앞으로 넘겨 남편의 사고 이전의 날짜와 기록한 내용들을 읽어보았다. 여름휴가와 희영이 대학 입학 후 처음 맞는 방학에 대해 쓴 몇 문장은 일상적이고 심상했다. 진은 한 페이지를 비워둔 뒤 다음 장에 볼펜으로 날짜를 쓰고 다른 미래, 다른 생활, 이라고 썼다. 진은 마흔일곱 살이었고 평균 수명을 생각하면 아직 살아야 할 날이 많이 남아 있었다. 떠다니는 감정이나 생각이 아니라 정리된 기록이 필요했다. 희영이 졸업하고 독립할 때까지 같이 살면서 돌봐야 하고 대학 등록금과 생활비도 필요했다. 희영의 결혼과 자신의 노후를 위한 자금도 마련해 두어야 하니 집을 팔고 작은 평수로 옮겨 자금을 확보해 두는 것도 방법이었다. 연금으로 생활을 꾸려나가려면 생활의 규모도 줄여야 했다. 머릿속에 떠오르는 것들을 손으로 정

리하는 동안 마음에 일던 파문 같은 것이 잔잔해지는 기분이
들었다.

밥통의 취사 완료 알림이 울리고 보온으로 바뀐 지 몇 시
간이 지난 뒤에도 희영은 방에서 나오지 않았다. 진은 식탁에
앉아서 희영의 방문을 쳐다보았다. 몇 발자국 떨어져 있을 뿐
인데 딸의 방이 아주 멀게 느껴졌다. 진은 조심스럽게 다가가
방문에 귀를 가만히 대보았다. 흰색의 나무 문은 견고한 벽처
럼 버티고 서서 진에게 아무것도 알려주지 않았다.

정오가 지난 뒤 진이 들은 것은 방 안에서 흘러나오는 낮
고 숨죽인 울음소리였다. 그날 이후로 주말인데도 헤드폰을
끼고 침대에 누워 음악을 듣고 있는 희영을 보게 되거나 새벽
2시에 문틈으로 형광등 불빛이 하얗게 새어 나올 때, 문을 잠
그고 전화하는 희영의 목소리가 심각하면 마음이 요동쳤다.
자기 전에, 새벽에 잠이 깨거나 아침에 일찍 일어났을 때 진은
궁금증과 책임감, 두려움을 품은 채 딸의 방 앞에 우두커니 서
있곤 했다.

희영은 물이 잔뜩 묻은 휴대폰을 들고 와서 가방에 대충
쑤셔 넣은 뒤 다시 바다에 들어갔다. 진은 가방에서 휴대폰을
꺼내 수건으로 닦은 다음 물티슈와 수건으로 한 번 더 닦았다.
희영을 키우는 동안 덤벙대고 게으른데 감정의 변화는 많아서

바닥에 쉽게 가라앉고 거기 오래 머물러 있는 성격에 어떻게 반응해야 할지 어려웠다. 20대의 희영은 드라마를 보다가 갑자기 열한 살 때 여름휴가 얘기를 꺼내서 사람을 곤란하게 만들기도 했다. 그때 횟집에서 저녁 먹고 아빠랑 셋이 바닷가 걸었잖아. 거기 해변에 폭죽 터뜨리는 사람들이 있었거든. 내가 그걸 계속 보고 있으니까 아빠가 해보고 싶으냐고 물어봤어.

그 여름의 휴가를 생각하면 진은 그런 장면이 아니라 그때 머문 숙소와 그 여행의 동선, 경비 같은 것이 먼저 떠올랐다. 바닷가 끝에 새로 지은 리조트를 예약할까, 한 번 가본 적 있는 오래된 호텔을 예약할까 고민하다 가보았던 곳의 오션뷰를 선택했다. 그리고 해변을 걷는 동안 새로 지은 크고 화려한 리조트의 내부를 궁금해했다. 희영이 폭죽을 터뜨리겠다고 고집을 부려서 남편이 근처 매점에서 폭죽을 샀던 것이나 돈이 아깝다고 생각했던 것은 기억에 남아 있지 않았다.

그때 아빠가 폭죽에 불을 붙이다가 손가락 끝을 데었거든.

희영의 목소리가 살짝 떨렸다. 진은 딸의 어깨를 두어 번 토닥였다.

그때는 아빠가 영원히 옆에 있을 거라고 생각했어.

말이 다 끝나기도 전에 희영은 울음을 쏟아냈다. 대학을 졸업하기 전까지, 남편의 죽음이 두 사람의 곁에 머물러 있는 동안 그런 일은 몇 번이고 반복되었다.

그런 기억이 불쑥 떠오를 때, 새벽에 깬 뒤 잠이 안 오면 진은 따뜻한 차를 한 잔 마신 뒤 책을 펼쳤다. 먼저 남편을 잃었거나 이혼을 해서 진즉 혼자가 된 친구들은 진의 안부를 묻고 조언해 주고 싶어 했지만 그들과는 일상적인 얘기 정도만 나눴다. 진짜 궁금한 건 책에서 찾았다. 중년의 삶과 갱년기의 몸과 마음을 다스리는 법, 혼자 사는 삶과 죽음에 대한 책을 읽었다. 게으르고 느긋하고 즉흥적인 젊은 여자들의 생각과 감정에 대해 읽다 보면 자신과 반대편에 있는 딸에 대한 궁금증과 불안함도 잠잠해졌다.

갱년기를 지나면서 책으로도 마음이 잡히지 않을 때 진은 샤워기를 틀어놓고 그 아래 서 있었다. 혼자 남은 저녁 무렵이나 잠들지 못한 채 뒤척이던 새벽에 샤워 부스의 문을 열고 들어갔다. 가만히 앉아서 읽거나 쓸 수 없을 정도로 마음이 출렁거리면 물속에 숨었고 물소리에 의지했다. 옷을 입은 채로 서서 실컷 울고 난 뒤에 물컹하고 주름진 살에 거품을 내어 닦았다. 샤워기의 물소리를 들으면 울게 될까 봐 진은 한동안 대중목욕탕에도 가지 않았다. 샤워기를 끄고 나면 눈물과는 아무 상관 없는 것 같은 얼굴로 희영에게 밥을 해주고 빨래를 개켜서 옷장에 넣었다.

사위가 바다에서 나와 평상에 걸터앉았다.

—어머니. 심심하지 않으세요? 필요한 거 있으면 말씀하
세요.

사위는 팔이 긴 래시가드를 입었는데 흐린 날씨에도 손
목과 팔의 경계가 또렷할 정도로 탔다. 진은 호텔 방의 탁자에
있는 책이 필요하다고 말하려다가 괜찮다고, 필요한 거 없다
고 했다.

—저쪽에 카페도 있는데 커피 한 잔 사 올까요, 어머니?

사위가 썩 마음에 드는 건 아니지만 장모님이 아니라 어
머니라고 부르는 건 예뻤다. 커피를 마시기에는 좀 위험한 시
간이지만 진은 그럼 커피 한 잔 마실까, 하고 부탁했다.

바다에 들어가네, 마네, 실랑이를 벌이던 남녀는 조용했
다. 여자 혼자 평상 옆 모래에 쪼그리고 앉아 있었다. 자세히
보니 틀어 올린 머리의 색이나 머릿결이 다른 부분과 차이가
났다. 그럼 그렇지. 진은 남몰래 안도했다. 여자는 휴대폰으로
바다를 찍고 셀카를 찍더니 모래에 그린 하트를 찍었다.

희영과 사위, 손녀가 좀 쉬겠다며 바다에서 나왔다. 진이
수건을 꺼내서 건네기도 전에 세 사람은 젖은 몸으로 평상에
앉았다. 날이 흐려서 살이 타지는 않았지만 손녀와 희영의 입

술 색이 푸릇했다. 진은 가방에서 큰 타월을 꺼내 손녀의 몸에
두르고 희영과 사위에게도 건넸다. 딸이 물기를 닦으며 해변
입구의 가게와 식당 쪽을 쳐다보았다.

　―좀 출출하다. 뭐 먹자.

　손녀가 목말라, 하면서 가방을 뒤졌다. 딸의 가방에서는
500밀리리터 생수 두 병이 나왔고 세 사람은 그걸 나누어 마
셨다.
　진이 주도한 여행이었다면 휴식 시간에 마실 것과 먹을
것까지 다 준비해 왔을 텐데 희영은 무얼 챙겨 다니는 법이 없
었다. 진이 챙길까 물어보아도 그냥 빈손으로 오라는 말만 했
다. 다행인지 불행인지 사위도 비슷한 성정이라 둘은 홀가분
하게 다니는 걸 좋아했다. 필요하면 나가서 사 먹으면 되지.
그게 무계획적인 인간들이 사는 방식이었다.

　―그래. 맛있는 거 먹자. 어머니 뭐 드실래요.

　이런 데서 뭘 먹을 수 있느냐고 묻자 길 건너에 편의점이
있고 배달 앱으로 치킨이며 피자, 햄버거를 다 주문할 수 있다
고 했다. 사위가 휴대폰을 꺼내 들었다.

─물놀이한 다음에는 치킨이지.

희영의 말에 손녀와 사위가 맞아, 치킨 시키자, 치킨, 하며 손뼉을 쳤다.

─떡볶이도. 아무것도 없으니까 수저 꼭 달라고 해.

희영이 떡볶이의 맵기와 추가할 사리에 대해 얘기했다. 좋아, 오케이를 외치던 사위가 으아, 수저 요청하는 거 깜박했다, 하면서 머리를 긁적거렸고 희영과 손녀는 별일 아니라는 듯 웃어넘겼다. 진은 이 즉흥적이고 낙천적인 가족이 실수하고 이해하는 방식을 신기하게 바라보았다.

사위가 편의점에 간 사이에 손녀는 바닥에 앉아 젖은 모래를 가지고 놀았고 희영은 휴대폰을 내려놓더니 가만히 바다를 바라보았다. 언제 선캡을 잡으러 뛰어다니고 큰 소리로 웃었던가 싶을 정도로 고요한 얼굴이었다. 진은 언제나 딸의 감정 변화를 파악하고 따라잡는 게 어려웠다.

─할머니. 이따가 바다에 안 들어갈 거야?

손녀가 둥글게 뭉친 모래를 조개껍데기 안에 채워 넣었다.

─할머니는 그냥 앉아 있을란다.

─바다에 왔는데 왜 안 놀아.

─앉아 있는 게 편해. 비도 오는데 얼른 놀고 들어가자.

─놀러 왔으면 신나게 놀아야지…… 파도가 무서워서
그래?

손녀가 진의 얼굴을 빤히 쳐다보았다. 희영이 소리 내어
웃었다.

─그래. 엄마. 바다에 왔으면 바다에서 놀아야지.

딸의 말에 용기를 얻은 희영이 진의 팔을 툭 쳤다.

진에게 수영은 체육관에서 하는 것이었고 그마저도 소
독약 냄새에 민감해진 뒤로는 가지 않았다. 오랜만에 호텔 수
영장에서 바다를 보며 수영을 하는 건 괜찮을 것 같아서 따라
나선 것이었다.

─엄마는 너무 고집이 세. 다른 사람 얘기도 좀 들어. 언
제 또 비 오는 바다에 와볼 거야.

고집이 세다는 딸의 말보다 손녀의 말이 진을 건드렸다.

파도가 무섭냐고? 맙소사. 진이 무서워서 피하는 건 운전 정도였다. 남편의 사고로 폐차시킨 뒤 운전과 차를 오래 타는 일 모두 멀리했다. 진은 가끔 자신이 계속 운전을 했더라면 어땠을까 생각했다. 다행히 희영은 대학을 졸업한 뒤 면허를 따서 차를 몰고 다녔다. 진은 딸이 운전하는 차를 타고 친척들의 결혼식에 다녀오고 마트에 가서 장도 봤다. 딸이 결혼하기 전까지 운전에 대해서는 그 애에게 의지했다.

결혼을 몇 달 앞두고 희영이 저녁을 먹다가 뜬금없이 엄마, 우리랑 같이 사는 거 어때? 하고 물었다. 진은 국을 떠먹다 말고 희영을 쳐다보았다. 희영은 마음에 드는 웨딩드레스를 입어보겠다며 드레싱을 뿌리지 않은 샐러드를 먹고 있었다. 남편 없이 살면서도 진과 희영은 같은 방에서 잔 적이 없었다. 식탁에 마주 앉아 저녁을 먹고 소파에 나란히 앉아 드라마를 본 뒤에도 각자 방으로 돌아가 좋아하는 책이나 영화를 본 뒤 잠이 드는 생활을 12년이나 했다. 진은 쓸데없는 얘기하지 말고 신혼집에 가져갈 짐이나 미리 챙겨놓으라고 했다. 결혼이 다가오는데 희영은 짐 정리를 계속 미루었다. 엄마, 그러지 말고 고민해 봐, 방울토마토를 집어 먹는 희영의 얼굴이 심각했다.

그 뒤에도 희영은 짐 정리를 계속 미루다가 진의 성화에 하루 휴가를 냈다. 희영의 방은 놀라운 방식으로 무질서했다.

결혼하면 제발 깔끔하게 치우고 살아.

알았으니까, 엄마 이제 그 얘기는 그만해.

딸의 표정이 남편과 너무 똑같아서 진은 입을 다물었다. 희영은 라디오를 튼 뒤 진에게 일회용 마스크를 건넸다.

희영의 책상 맨 아래 서랍에서는 초등학교 때 단짝 친구에게 받은 편지와 고등학교 수학여행에서 친구들과 나눈 롤링 페이퍼, 앨범, 대학 성적표가 나왔다. 맨 위의 서랍에는 삼각자와 컴퍼스, 고등학생, 대학생 학생증과 포스트잇이 들어 있었다. 서랍 안에는 희영이 학생으로 살았던 역사가 뒤죽박죽 쌓여 있었다. 희영은 물건을 분류하다가 가끔 멈추고 그것들을 들여다보았다.

뭐가 많네.

진은 눈에 띄는 것마다 버리라고 했다. 희영은 알았어, 알았어, 대답하면서도 실천에 옮기는 것 같지는 않았다. 끈으로 책을 묶으며 진의 눈치를 살폈다.

엄마. 진짜 우리랑 같이 안 살 거야?

얘가 왜 자꾸 이상한 소리를 해.

그러면 우리 집 근처로 이사 오는 건 어때. 가까이 사는 게 좋잖아.

희영이 틀어놓은 라디오에서는 영화음악이 나왔고 진은 12년 전 여름을 떠올렸다. 여름방학 동안 희영은 방에 틀어박혀 있었고 진은 남편의 물건을 하나씩 정리했다. 침실에 있던 남편의 베개와 잠옷, 침대 옆 탁자와 서랍에 들어 있던 안경과 안약, 책갈피를 끼워둔 책을 재활용 박스에 넣었다. 남편이 먹던 위궤양약과 소화제, 종합비타민, 물파스와 피부 연고도 한데 모았다. 남편은 약의 박스에 이름과 복용 시간과 용량을 유성 펜으로 써두었는데 1일 3회, 식후 30분, 1알씩, 이런 글씨들이 쓰레기통 안으로 들어갔다. 물건을 정리하는 일은 장례식이나 화장과는 다른 종류의 이별이었다. 진은 집을 둘러보며 이사를 가는 게 어떨까 생각했지만 희영은 대형 쓰레기봉투에 들어 있는 남편의 등산화와 등산 스틱, 구두, 슬리퍼만 보고도 울음을 터뜨렸다.

희영은 자신의 짐을 여러 번에 걸쳐 옮겼다. 마지막에 사위가 작은 트럭을 빌려 와서 희영의 옷과 책이 든 박스를 싣고 갔다. 두 사람이 탄 트럭을 배웅하고 난 뒤 진은 집에 들어와서 희영의 방을 둘러보았다. 빈 책장에는 책이 꽂혔던 안쪽 자리와 바깥쪽의 경계가 남아 있고 옷장에는 완만하게 휜 옷걸이 봉과 두고 간 옷이 몇 벌 걸려 있었다. 그걸 보자 비로소 이사를 가야겠다는 생각이 들었다. 딸과 살면서 남편의 물건을 정리하던 것과 딸이 결혼하면서 집이 휑해진 것은 달랐다.

진은 집을 내놓고 같은 아파트 단지의 작은 평수 집을 보러 다녔다. 딸의 아파트나 동네로 옮기고 싶은 마음은 조금도 없었다. 오래 살아서 눈을 감고도 찾아갈 수 있을 것 같은 익숙한 길, 늘 가는 시장과 마트, 세탁소, 목욕탕, 병원이 있는 삶의 반경을 벗어나고 싶지 않았고 다른 곳에서 살 자신도 없었다. 그때 진의 나이가 쉰아홉 살이었다.

비는 묵묵하게 내렸다. 바다에 온 지 두 시간이 지났고 흐린 바다를 보며 평상에 앉아 있으려니 지루함을 넘어 지겨움이 몰려왔다. 진은 집 쪽에도 비가 오는가, 생각했고 빨래통에 남아 있던 양말과 수건 몇 개를 떠올렸다. 그걸 빨아서 널고 올까 어쩔까 망설이다가 그냥 왔는데 그것들이 찜찜하게 남아 있었다.

가방 안에 든 희영의 휴대폰이 요란하게 울렸다. 화면에 김팀이라고 떠 있는 걸 보고 진은 평상에서 일어났다. 휴대폰을 들고 바다 쪽으로 나가 희영을 불렀다. 큰 파도가 밀려와 희영과 사위를 덮친 뒤 빠져나갔다. 희영은 바닥에 주저앉았다가 일어서느라 정신을 못 차렸다. 진은 고무줄 바지를 종아리까지 걷은 뒤 바다 안으로 더 들어가 희영을 불렀다. 희영은 젖은 머리와 얼굴을 수습하느라 전화가 끊어진 다음에야 진을 돌아보았다.

평상으로 나온 희영은 물이 뚝뚝 떨어지는 손으로 휴대폰을 들고 휴가 끝나고 물어봐도 되는 일을, 하며 투덜거렸다.

통화 버튼을 누르더니 받지도 않네, 하며 내려놓았다.

젖은 머리 사이로 흰머리가 한두 가닥 보였다.

—급한 일 아니야?

—몰라. 급하면 다시 전화하겠지.

—집에 빨래 널어놓은 건 어떻게 하고 왔니?

—빨래?

여행 전날 희영의 집 빨래 건조대에 널어놓은 것들은 그대로 있을 것이다. 일주일에 두 번, 하원시킨 손녀를 데리고 희영의 집에 가면 진은 거실의 건조대와 욕실의 빨래 통부터 확인했다. 희영은 빨래를 몰아서 했고 세탁기에서 꺼낸 옷들은 전부 건조기에 집어넣고 돌렸다. 건조가 끝나고 나면 필요한 옷들을 건조기에서 꺼내 썼다. 진이 빨래 건조대에 널어놓고 가도 걷거나 개지 않아 늘 그 자리에 걸려 있었다.

희영의 신혼집에 놀러 갔을 때도 진은 창문 아래 세워둔 빨래 건조대를 보고 놀랐다. 세탁한 지 얼마 안 된 빨래가 건조대 위에 무질서하게 걸려 있었다. 진은 커피를 내리는 희영에게 윗도리는 이렇게 널고 바지는 이렇게, 양말과 수건은 이렇게 널어야 잘 마르지, 하며 빨래 너는 걸 보여주었다. 그러면서 생활 속에서 드러나는 희영의 무질서와 무계획에 대해 몇 마디 잔소리했다. 진은 늘 희영의 회사 생활과 결혼 생활이 걱정스러웠고 좀 더 책임감을 가졌으면 했다. 희영이 뜨악한 표정으로 쳐다보다가 커피가 든 컵을 건넸다.

엄마, 왜 그렇게 인생을 피곤하게 살아.

그렇게 널어도 이렇게 널어도 빨래는 말라. 희영은 고개를 옆으로 돌린 채 커피를 마셨다. 진은 기분이 좀 상했고 희영도 더 얘기할 기분이 아닌 듯했다. 진의 걱정과 달리 희영과 사위는 지저분함과 무질서 속에서도 싸우지 않고 결혼 생활을 잘 이어갔다.

엄마. 희영이 물기 묻은 휴대폰을 가방에 넣으며 조용히 불렀다.

―왜 그렇게 빨래에 연연해. ……나는 아빠 사고 난 뒤로
 편하게 살려고 애써.

희영의 얼굴에서 스무 살 때의 표정이 보였다.

―여행 왔으면 그런 건 잊고 쉬어.

희영이 진의 팔을 가볍게 쓰다듬은 뒤 다시 바다에 들어

갔다. 진의 팔에 축축하고 따뜻한 감촉이 남았다. 마흔이 넘은 희영은 앞으로도 정리 정돈에 서투르고 관심이 없는 상태로 살아갈 것이다. 바꿀 수 없다는 걸 아는데도 보고 있으면 잔소리가 나왔다. 물론 진은 칠십 살이 되어가고 인생에 남은 시간이 그리 많지 않은데 여전히 빨래 생각이나 하고 있었다. 그런 자신이 좀 답답하기도 했다.

어머 자기야, 여기 파도 세다. 오랜만에 파도 타니 좋네.

거봐, 내가 재미있을 거라고 했잖아.

여자와 남자의 말소리와 웃음소리가 파도에 실려왔다. 좀 전까지 바다에 들어갈까 말까 실랑이를 벌이더니 어느새 검은 튜브를 함께 타고 바다 위를 떠다니고 있었다. 파도가 치고 지나갈 때마다 두 사람이 내는 소리가 이따금 제 엄마나 아빠를 부르는 손녀의 목소리나 파도 소리까지 다 지웠다. 진은 커다란 검은 고무 튜브의 양쪽에 매달린 채 바다 위에서 둥실거리는 연인을 바라보았다. 남자는 젖은 머리를 손으로 쓸어넘겨서 주름진 이마가 훤하게 드러났다. 파도가 지나가고 나면 남자는 일어서서 튜브를 파도가 세게 이는 쪽으로 끌고 갔다. 그럴 때면 피케 셔츠가 몸에 달라붙어서 상체의 굴곡이 드러났다. 몸이 탄탄한 편이지만 볼록 튀어나온 아랫배까지 감출 수는 없었다. 여자는 머리가 젖긴 했어도 틀어 올린 상태

그대로였고 얼굴에는 화장기가 연하게 남아 있었다. 두 사람 다 비 오는 바다나 젖는 것에 신경 쓰지 않는 듯했다.

　—자기야. 힘들지 않아?
　—힘들긴. 노는 건데.

　말끝에 두 사람 모두 큰 소리로 웃었다. 자기야, 라니. 진은 그들의 관계와 상관없이 시끄럽게 떠들어대는 그 소리와 호칭이 망측스러웠다. 눈에 거슬린다고 생각하면서도 두 사람이 파도를 맞고 밀려나면서 큰 소리로 웃고 다시 파도를 향해 나아가는 걸 신기해하며 지켜보았다. 남편이 살아서 나이가 들었다면 어떤 모습이었을까, 상상이 되지 않았다. 희영이 결혼하기 전에 진은 초등학교 동창 모임에 나갔다가 만난 상처한 친구와 가까워졌다. 봄과 여름이 지나는 동안 공원 벤치에 앉아 커피도 마시고 극장에 가서 영화도 보았다. 동창은 그다음 계절, 그다음 해로 같이 나아가고 싶어 했다. 동창이 패키지여행 얘기를 꺼낸 날, 진은 자기 전에 다이어리를 펴고 가능과 불가능의 이유에 대해 떠오르는 대로 적었다. 불가능의 목록이 월등히 길어지자 여기까지만, 이라고 쓴 뒤 한 페이지를 넘겼다. 사람들이 현실과 불가능의 목록을 무시하고 어떻게 그 너머로 나아갈 수 있는지 도무지 알 수 없었다.

Ⓘ

희영의 휴대폰이 계속 울렸고 꺼내 보니 또 김팀이라고 떠 있었다. 전화는 끊어졌다가 다시 울렸다. 진이 일어나 이름을 불렀지만 파도를 타고 노느라 희영은 듣지 못했다. 진은 모자를 눌러쓰고 바다로 걸어가 애, 전화, 하며 손을 흔들었다. 손녀가 튜브를 끼고 와서 할머니, 같이 놀려고 온 거야? 했다.

—너네 엄마 회사에서 전화 왔다.

그러자 손녀가 희영을 향해 뛰어갔고 진은 휴대폰이 젖을까 봐 손으로 덮은 채 희영 쪽으로 움직였다. 그러는 동안 리넨 셔츠가 젖고 슬리퍼 사이로 바닷물과 모래가 들어왔다.

—안 받아도 되는데 왜 가져왔어?

희영은 고개를 절레절레 흔들며 휴대폰을 받았다.

—할머니. 여기 조개 많아.

손녀가 진의 손을 잡아끌었다. 진은 손녀의 머리를 쓰다듬었다. 언제 이렇게 커서 말도 잘하고 물놀이도 야무지게 즐기는지. 손녀를 보면 세월이 흘러가는 게 아니라 쌓이는 게 느꺼졌다.

　진은 바닷속에서 조심스럽게 움직였다. 바닷물은 생각만큼 차갑지 않았고 발이 보일 정도로 깨끗했다. 진은 축축해서 처지는 머리를 쓸어넘긴 뒤 모자를 고쳐 썼다. 하늘에서는 비가 내리고 바닷물은 진의 무릎 근처에서 찰랑거리고 뒤에서는 파도가 밀려왔다. 돌아서 나가려는 진의 등 뒤에서 파도가 키를 높이며 다가와 등과 배와 가슴을 적셨다. 튜브가 없는 진은 휘청거렸고 균형을 잃은 채 옆으로 넘어졌다. 손녀가 진을 보며 깔깔거리고 웃었다. 진은 자신이 용감한 할머니라는 걸 보여주기 위해 다리에 힘을 주었다. 얼른 일어나려고 했는데 그다음 파도가 진의 등을 때리고 지나갔다. 진은 파도에 등짝을 세게 맞은 뒤 모래사장까지 밀려났다. 모자는 저만치 날아가고 허벅지에는 모래가 묻어 있었다. 아이구야. 진은 주저앉은 채로 다음 파도의 세례를 받았다. 머리부터 발끝까지 다 젖고 나니 얼른 일어나야겠다는 생각도 들지 않았다. 진은 그런 상태로 물 속에 잠시 앉아 있었다. 서두를 필요나 이유가 없다는 게 묘한 해방감을 선사했다.

　파도는 높이와 강도가 매번 달랐다. 약한 파도는 몸을 슬쩍 밀고 지나갔고 센 파도는 모든 걸 쓸어버리려는 듯 몰아쳤다. 어떤 파도는 진의 머리 위로 쏟아져서 완전히 다 적셨고 어떤 파도는 등을 슬쩍 밀고 지나갔다.

크다, 커, 나이 든 남자가 저만치에서 기대감에 찬 목소리로 외쳤고 여자가 어머, 자기야, 하며 튜브를 꼭 잡았다. 그들은 여전히 주책스럽고 활기찼다. 파도를 본 딸과 사위의 표정에도 기대감이 어렸다. 키가 큰 파도가 바람에 실려오고 있었다. 남편이 죽었을 때 진은 겨우 마흔일곱 살이었다. 새치가 늘긴 했어도 젊고 건강했다. 거리에서 손을 잡거나 팔짱을 끼고 걷는 중년의 부부나 연인을 보면 비현실적으로 느껴졌다. 샤워를 하다가 거울에 비친 자신의 벗은 몸을 보면 낯설었다. 어떤 날에는 40대 후반이 혼자 보내기에 너무 젊은 것 같았지만 대부분의 시간 동안 늙은이의 마음으로 살았다. 진은 인생의 다른 가능성을 기웃거리지 않았다. 그때 동창에게 그래, 한번 가보자, 라고 했으면 어떻게 됐을까. 가끔 생각해 봤지만 진의 영역 너머에 있어 그림이 그려지지 않았다. 사람들의 용기는 어디에서 나오는 건지, 진은 늘 궁금했다.

모두가 기대한 파도가 진의 머리 위에서 부서졌다. 무릎이 꺾여 앞으로 고꾸라진 진은 물을 먹었다. 일어서며 캑캑거리는데 웃음이 터져 나왔다. 옴짝달싹을 못 하겠네. 튜브를 허리에 두른 손녀가 와서 할머니, 파도가 진짜 힘이 세지? 하고 갔다. 얼굴 위로 비가 쏟아지는데 가릴 것도 없고 머리부터 발끝까지 시원하고 후련했다. 왜 여태 이런 기분도 모르고 살았을까. 딸은 딸대로, 사위는 사위대로 자기 자리에서 파도를 맞

T   J

왔다. 파도 하나하나가 다 다르고 최고의 파도는 계속 경신되었다. 비 오는 바다에서 파도를 맞는 건 살면서 처음 경험해보는 것이었다. 바다에서 비를 맞고 파도를 맞는 게 뭐라고, 좋아서 눈물이 났다.

　진은 자신도 모르게 더 큰 파도 쪽으로 몸을 움직였다. 젖은 옷으로 어떻게 호텔에 돌아갈지에 대해서는 생각하지 않기로 했다.

Ⓘ

비 오는 바닷가에서 노년의 여성이 보내는 여름휴가에 대한 아이디어는 오래 품고 있었다. 몇 개의 장면은 그려지는데 소설로 만드는 게 어려워서 메모 형태로만 남아 있었다.

처음 소설집 제안을 받았을 때도 이 얘기를 떠올렸던 건 아니었다. 염두에 두고 있던 **MBTI**를 다른 작가님이 선점하셨다는 메일을 받고 인물에 대해 다른 방향으로 고민하기 시작했다. 내가 잘 아는 유형이 아니라 잘 모르는 인물에 대해 생각하면서, 이 소설의 진과 희영을 떠올리게 되었다. 소설은 거기서부터 시작되었다.

서유미 소설집 《당분간 인간》, 《모두가 헤어지는 하루》, 《이 밤은 괜찮아, 내일은 모르겠지만》, 장편소설 《판타스틱 개미지옥》, 《쿨하게 한걸음》, 《당신의 몬스터》, 《끝의 시작》, 《틈》, 《홀딩, 턴》, 《우리가 잃어버린 것》과 에세이 《한 몸의 시간》이 있다.

서장원

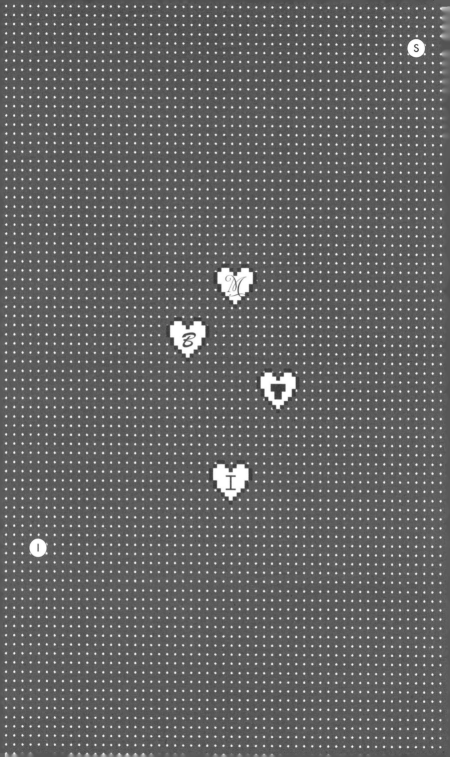

잇팁은 죽지 않는다

영진 씨를 다시 만난 건 아버지 장례식 첫째 날, 퇴근한 직장 동료들이 접객실의 테이블에 막 자리를 잡고 앉았을 때였다. 직원들은 식장에 들어선 영진 씨를 보고 머쓱한 표정이 됐는데, 오히려 혼자인 영진 씨는 무덤덤해 보였다. 생각해 보면 영진 씨는 늘 그랬다. 어색하게 자기소개를 하던 때도, 사무실에서 모욕을 당하던 순간도, 퇴직 의사를 밝히던 날도. 영진 씨는 재작년 입사해 반년쯤 함께 일한 전 직장 동료였다. 사실 입사하고 얼마 되지 않아 퇴사하는 경우는 영진 씨 말고도 많았는데, 직원들은 영진 씨를 유독 괘씸하게 여겼다. 나역시 영진 씨를 다시 보게 될 줄은 몰랐다. 하지만 영진 씨는 당연하다는 듯 검은 코트에 검은 터틀넥을 차려입고 장례식장에 찾아왔고, 내 아버지의 영정을 보며 절을 올린 다음 나와 맞절을 했다. 나는 영진 씨가 반가웠다.

*

영진 씨에 대한 첫 번째 기억이라면 직원들 모두가 회의실에 모여 커피와 케이크를 먹은 날일 것이다. 그날 오후, 대표는 오늘은 좀 놀자며 직원들 책상을 돌아다니며 커피를 주문받기 시작했다. 종종 있는 일이었다. 대표는 마음에 안 드는 일이 있으면 사무실에서 소리를 지르고 직원들을 야, 너, 하며 하대하곤 했는데, 그러다가도 느닷없이 살갑게 굴었다. 사실 나는 대표가 소리를 지르는 순간보다 그럴 때가 더 견디기 힘들었다. '내가 원래 이런 사람인데, 그때는 좀 과했지?' 하는 속마음이 들리는 것 같았기 때문이다. 더구나 그날은 대표가 어울리지도 않는 톰브라운 수트를 입고 있어서 더 짜증이 났다. 야근 수당도 주지 않는 주제에 직원들 한 달 월급과 맞먹는 옷을 사 입고 그걸 숨겨야겠다는 생각도 안 하는 사람. 저러면서 또 트위터에선 예술영화계의 문익점처럼 굴겠지. 나는 그런 생각을 하면서 메뉴 중 가장 비싼 아인슈페너를 골랐다. 곧 사무실 인근의 베이커리 카페에서 생크림 케이크와 커피 스물두 잔이 배달되어 왔고, 직원들은 회의실의 기다란 테이블에 앉아 일회용 플라스틱 포크로 케이크를 먹기 시작했다.

그날 스포트라이트를 받은 것은 며칠 전 입사한 두 사람, 경영지원팀의 경력직 신입 혜나 씨와 기획홍보팀의 진짜 신입 영진 씨였다. 두 사람이 간단한 자기소개를 마치자, 누군가 의례적인 순서처럼 둘의 MBTI를 물었다. 얼마 전 마케팅팀이 회사 인스타그램 계정에다 영화 속 인물들의 MBTI를 분석한 게시물을 올렸던 것이 떠올랐다. 좋아요가 꽤 눌렸던 글이었다.

"저는 ENFP예요. 엔프피!"

영진 씨 옆의 혜나 씨가 웃으며 말했다. 거기에 내 옆자리의 소정이 자신도 엔프피라며 맞장구를 쳤다. 마케팅팀 팀장도, 우리 팀의 윤 대리도 엔프피였다. 직원들은 여기는 참 엔프피가 많다고, 그래서 분위기가 밝은 것 같다고 호들갑을 떨었다. 그러나 혜나 씨 다음으로 영진 씨가 자신은 ISTP이라고 말했을 때는 잠깐 좌중이 조용해졌다. 이 자리의 또 다른 ISTP인 나도 침묵을 지켰다. 언제부턴가 나는 나서서 MBTI를 밝히지 않았다. 누군가 MBTI를 물으면 잘 모른다거나 검사 결과를 잊어버렸다고 눙치곤 했다. 나는 ISTP의 대외적 단점들, 그러니까 고집이 세고 사람들과 잘 어울리지 못하며 모든 일에 시큰둥하다는 면면을 잘 알고 있었다. 내가 그런 단점을 빠짐없이 가지고 있다는 사실도. 툭하면 배우나 평론가를 초청해 관객들을 맞는 행사를 열고 거의 모든 일을 협업으로 진행하는 영화 배급사에선 그런 결점은 특히 치명적인데, 그걸 굳이 내 입으로 못 박아둘 필요는 없었다. 나는 얼른 화제가 다른 쪽으로 넘어가길 바라며 너무 달아서 혀가 아릿할 지경인 아인슈페너를 홀짝거렸다. 그러나 MBTI 얘기는 좀처럼 끝나지 않았다.

"잇팁이시구나. 톰 크루즈도 잇팁이래요."

누군가 침묵을 깨고 그렇게 말하자 다른 직원들도 자신이 알고 있는 잇팁 유명인을 하나둘 얘기하기 시작했다. 톰 크루즈부터 마이클 조던, 박명수와 주우재까지 얘기가 나왔는데, 네 사람 모두에게 그다지 관심이 없던 나로서는 이들이 비슷한 부류로 여겨지진 않았다. 그리고 영진 씨도 한마디를 덧붙였다.

"문재인 대통령도 있어요. 이제 곧 바뀌지만."

그날은 제20대 대통령 선거를 열흘쯤 남겨두고 있던 날이었다. 나는 아직도 그날 영진 씨가 별생각 없이 떠오르는 사람을 말한 것인지, 저 나름대로 자신의 정치 성향에 대해 농담을 한 것인지 모르겠다. 어쨌든 화제가 MBTI가 아니라 다른 것으로 넘어가기는 했다.

내가 영진 씨의 자세한 근황을 듣게 된 건 그날로부터 한달쯤이 지나서였다. 바쁘게 진행되었던 행사들이 마무리되어 업무가 조금은 한가해졌던 3월의 어느 날, 소정은 퇴근하고 성수동으로 맥주를 마시러 가지 않겠냐고 카톡을 보냈다. 전

Ⓣ　에 몇 번 들렀던 레트로풍의 술집에 가자는 얘기였는데, 우리
는 전에도 그곳에 앉아 회사 생활의 자질구레한 일들을 털어
놓곤 했다. 그날 소정은 나와 모둠 전을 사이에 두고 앉았고,
밤막걸리를 거푸 들이켜며 같은 팀의 후임인 영진 씨 얘기를
했다. 술을 마시자고 했을 때부터 짐작했던 바였다.

　　회사에선 영진 씨의 처신과 관련해 말이 돌고 있었다. 영
진 씨가 브런치 모임에 나가지 않겠다고 선언했기 때문이었
다. 브런치 모임이라면 격주 금요일마다 대표와 기획홍보팀,
마케팅팀 팀원들이 브런치 카페에 가서 함께 점심 식사를 하
는, 회식과 회의의 중간쯤 되는 자리를 말했다. 직원들은 브런
치를 먹으며 해외 영화제에서 주목받은 영화가 무엇인지, 다
른 배급사에서는 어떤 굿즈를 제작하는지 등 업무에 대한 정
보를 보고하곤 했는데, 그러면서도 이 시간은 대표와 직원들
이 허물없이 소통하는 시간이며, 자신은 그저 관심 분야에 대
해 이야기하고 있다는 태도를 유지해야 했다.

　　"영진 씨가 자기는 그 자리가 불편해서 뭘 먹으면 체할 거
같다는 거야. 근데 거기서 편한 사람이 대표 말고 누가 있어."

　　소정은 말했다. 영진 씨의 사수인 소정에게는 조금 난감
한 상황이긴 할 터였다. 다만 내 입장에선 영진 씨 말이 다 맞
지 않나, 하는 생각부터 들었다. 사실 나는 대표와 브런치를
먹는 사람들이 더 이해가 안 갔다. 차라리 제대로 회의를 하지

저게 무슨 짓인가 싶었던 것이다.

"그럼 그냥 가지 말라고 해. 이참에 그 이상한 거 없어지면 너도 좋지 않아?"

"물론 없어지면 좋긴 한데, 그 과정에 내가 끼고 싶진 않아. 언니도 대표 뒤끝 쩌는 거 알잖아. 우리 팀장도 그렇고."

"그건 알지."

나는 할 말이 없었다. 엊그제도 기획홍보팀 팀장이 영진 씨를 두고 'MZ 세대는 참 다르다' 하면서 면박을 주던 것이 떠올랐다. 기획홍보팀 팀장은 영진 씨가 아닌 소정을 쳐다보며 그랬는데, 그게 그의 방식이었다. 누군가를 난처하게 만들어 결국에는 모두가 분위기에 순응하게 하는 것. 더구나 소정은 누가 자기를 싫어하는 상황을 못 견뎌 했다. 소정과 나의 다른 점이었다.

"그럼 영진 씨랑 얘기 좀 해. 그냥 잠깐만 참아달라고."

내가 그렇게 말하자 소정은 다시 한번 한숨을 내쉬었다.

"그게, 어떻게 얘기를 꺼내야 할지 모르겠어."

소정은 영진 씨와 대화 자체가 어렵다고 말했다. 무슨 얘기를 건네도 '아, 네' 이상의 대답을 하지 않고 좀처럼 뭘 묻지도 않는다는 것이었다. 누군가 대놓고 면박을 줘도 잘 알아듣지 못한다고도 덧붙였다.

"저번엔 팀장이 영진 씨한테 영진 씨는 군대 안 가서 정

T 말 다행이라고 그러니까 영진 씨는 거기다 대고 자기는 기흉이 있어서 남자여도 면제였다고 그러는 거야. 코미디가 따로 없어."

어떤 상황인지 알 만했다. 나 역시 비슷한 일이 있었다. 영화를 만드는 일에 미련을 버리지 못하고 촬영장을 알짱거리던 시절, 내가 빠릿빠릿하게 움직이지 못하는 걸 두고 선배들이 너는 참 느긋하다, 하고 비아냥댔는데, 나는 그 말을 못 알아들었다. '제가 좀 여유 있는 타입이에요' 그렇게 대답했었나……. 사실 지금 생각해 봐도 좀 억울하긴 했다. 그때나 지금이나, 나는 할 말을 빙빙 돌려대는 태도가 마음에 들지 않았다.

"내 생각에 영진 씨는 그렇게 에둘러 말하면 못 알아들을 것 같아. 어색해도 그냥 직구를 날려야 해."

나는 왠지 쑥스러워져서 테이블 위에 놓인 김치전을 젓가락으로 잘게 찢으며 덧붙였다.

"그러니까, 영진 씨가 ISTP이잖아. 사실 나도 ISTP이거든. 이런 타입한텐 그렇게 하는 게 서로 속 편해."

취기가 올라 약간 풀려 있던 소정의 눈이 갑자기 동그래졌다.

"헐, 나한테는 MBTI 불신자처럼 굴더니 뭐야, 진짜!"

소정은 테이블 너머로 손을 뻗어 내 어깨를 팡팡 두드리며 중얼거렸다. 그러고는 생각해 보니 언니와 영진 씨가 좀 비슷한데, 영진 씨가 좀 더 진한 버전 같다며 고개를 끄덕였다. 연하다니, 좋은 걸까. 나는 김치전을 다시 한번 잘게 찢었다.

우리는 술에 취해 불콰해진 얼굴로 술집을 나와, 아직 쌀쌀한 초봄의 밤거리를 걸었다. 아직 벚꽃이 개화할 시기는 아니었지만 벌써 길거리에선 버스커 버스커의 〈벚꽃 엔딩〉이 흘러나오고 있었다. 소정은 양팔을 앞뒤로 흔들어대며 걸었다. 소정의 술버릇이었다. 소정은 나의 대학 후배였고, 내가 연출한 단편영화의 제작부장이자 단역 출연자였다. 소정은 회사 밖에선 나를 여전히 언니라고 부르며 따랐다. 나는 회사 내에 마음을 터놓을 수 있는 사람이 있다는 것은 엄청난 행운임을 잘 알았고, 그렇기에 소정과 회사 밖에서 시간을 보낼 때면 늘 흐뭇한 기분이 되곤 했다. 하지만 그날만큼은 마음이 조금 무거웠는데, 만약 소정이 선배고 내가 후배인 관계로 만났다면 우리가 지금처럼 가까워질 수 없었겠다는 생각이 들어서였다.

*

소정의 고민은 좀처럼 해결되지 않았다. 그날 이후로도 영진 씨는 브런치 모임에 참여하지 않겠다는 주장을 굽히지

T   않았고, 대표는 브런치 모임 때마다 불편한 기색을 내비쳤으며, 기획홍보팀 팀장은 영진 씨와 일대일 면담을 했다가 소정을 불러 압박을 줬다가 했다. 소정은 팀장 등쌀에 못 살겠다거나 대표가 폭발해 한바탕할 것 같다고, 차라리 자기가 회사를 그만두고 싶을 지경이라고 맞은편 자리의 내게 카톡을 보내곤 했다. 그럴 때면 나는 뭐라 할 말이 없어 오직 소정을 위해 구매한 BTS 이모티콘을 골라 답장을 해주었다.

한편 영진 씨는 사회성이 영 부족한 사람으로 공공연하게 낙인찍혔다. 직원들 대부분은 영진 씨의 선택에 동의했지만, 그렇다고 이렇게까지 뻗댈 일도 아니라고 생각하는 듯했다. 나도 비슷했다. 그깟 점심이 뭐라고, 사수가 저렇게 고생하는데 브런치 좀 먹어주지 싶었다. 하지만 한편으로는 영진 씨가 충분히 이해가 갔다. 회의가 필요하면 회의를 하면 됐다. 회식 자리에서 업무 보고를 받는 건 상식 밖의 일이었으며, 회식을 한다 해도 직원들을 억지로 참여시킬 순 없었다. 무엇보다 직원이 이렇게 싫어하는데 그 이상한 자리를 강요하는 건 폭력이라는 생각이 들었다. 시간이 지날수록 내 마음은 다른 직원들보다, 그리고 소정보다, 영진 씨 쪽으로 기울었다. 그래서일까? 브런치 모임을 가지러 기획홍보팀과 마케팅팀 직원들이 사무실을 한꺼번에 빠져나간 어느 금요일, 나는 영진 씨에게 점심을 함께하지 않겠느냐고 물었다. 의외로 영진 씨는 흔쾌히 좋다고 답했다.

"여기 입사하고 누가 같이 밥 먹자고 한 건 처음이에요."

영진 씨는 슬리퍼를 벗고 운동화를 신으며 그렇게 말했다. 그날 우리는 회사 근처에서 콩나물국밥을 함께 먹었다. 나는 영진 씨에 대해 몇 가지 새로운 사실을 알게 됐는데, 영진 씨가 해산물과 달걀, 유제품은 먹되 육류는 먹지 않는 페스코 채식주의자이며, 알레르기 때문에 갑각류 역시 먹지 못한다는 사실이었다.

"그럼 차라리 그런 사정을 얘기하면 더 편하지 않아요? 브런치 모임 말이에요. 식단 관리를 해서 같이 식사가 어렵다고."

내가 수란 위로 콩나물국밥 국물을 붓고 떠먹으며 묻자 영진 씨는 고개를 저었다.

"그렇긴 한데, 채식을 안 하고 알레르기가 없어도, 직원이 원하지 않으면 그런 자리에 불참할 자유가 있다고 생각해요."

영진 씨가 말했다. 나는 고개를 끄덕였다. 맞는 말이었다.

그날 이후로 나는 영진 씨와 종종 점심을 함께 먹곤 했다. 주로 내가 점심을 같이하지 않겠냐고 제안했고, 영진 씨가 따라나서는 쪽이었다. 영진 씨는 좋다, 싫다는 표현이 확실해서 오히려 부담이 없었다. 싫으면서 괜히 같이 가는 것 아닐까 하는 걱정을 안 해도 됐으니까. 우리는 사무실 인근의 태국 음식점에서 쌀국수를 사 먹곤 했고, 그러고 나서는 정해진 순서처럼 커피나 아이스크림을 사 들고 인근의 공원을 산책했다. 공원이라고 해봐야 한 블록 정도의 거리에 가로수와 벤치를 몇 개 놓아둔 것뿐이었지만 그래도 나는 그 작은 공원에 머무는 시간이 좋았다. 영진 씨와 있으면 나와 비슷한 사람, 괜스레 진심을 숨겨놓지 않는 단순하고 간결한 인간을 만났다는 안도감이 들었다. 우리는 걷거나 벤치에 앉아서 영화 이야기를 자주 했다. 〈브로커〉나 〈헤어질 결심〉처럼 당시에 개봉한 영화 얘기를 하기도 했고, 더 오래전에 본 영화 얘기를 할 때도 있었다. 놀라운 점은 내가 본 영화 중 영진 씨가 보지 않은 영화가 거의 없다는 것이었다. 영진 씨가 나보다 여덟 살이나 더 젊다는 걸 생각하면 놀라운 일이었다. 언젠가 우리는 〈한니발〉의 마지막 장면에 대해 이야기하다 그 장면에서 웃음이 터졌다는 이상한 공감대를 형성하기도 했다.

"영진 씨, 혹시 〈금옥만당〉 생각나서 웃은 건 아니죠?"

나는 설마, 하며 물었다. 〈금옥만당〉이라면 영진 씨가 태어나기도 전에 만들어진 영화인 데다, 명작의 반열에 오른 작품도 아니었다. 전형적인 홍콩 B급 코미디인 그 영화에는 장국영과 원영의가 두부 요리를 원숭이 뇌 요리로 위장하는 장면이 등장하는데, 〈한니발〉에서 한니발 렉터 박사가 인육을 먹는 마지막 장면과 비슷했다.

"그래서 웃은 거 맞아요. 〈금옥만당〉 왓챠에 있어요."

우리가 그 얘기를 나눴던 때가 5월쯤이었나. 아니면 6월 초였을까. 햇볕은 따뜻하지만 아직 덥지는 않은 날이었다. 나는 〈금옥만당〉을 알다니 반갑다며 캔 커피를 내밀었고 우리는 가볍게 건배했다. 그때 나는 어쩌면 영진 씨가 이 회사에 오래 남을 수도 있지 않을까 생각했다. 이렇게나 영화를 좋아하는 사람이라면 누가 뭐래도 직무에 애착이 있을 테고, 그러다 보면 대표나 팀장도 영진 씨를 인정하는 날이 오리라고 기대했던 것이다. 그때는 이미 대표가 한발 물러나 브런치 모임이 없어지고, 결과적으로는 직원들도 은근히 기뻐하던 시기라 더 그랬다. 그러나 내 예상은 한참 빗나갔다.

＊

"이거 영진 씨 맞지?"

며칠째 폭염주의보가 내리던 여름, 퇴근 시간이 다 되도록 출근하지 않던 대표가 별안간 쿵쾅대면서 사무실로 들이닥쳤다. 그러고는 내 건너편 자리로 다가와 영진 씨 앞에 자기 휴대전화를 들이밀었다. 영진 씨는 어안이 벙벙해 있었고 직원들은 모두 동작을 멈췄다. 사무실은 순식간에 조용해져서 에어컨 돌아가는 소리만이 윙윙댔다. 대표가 다시 소리쳤다.

"영진 씨, 이거 영진 씨 맞아? 맞냐고? 영진 씨 레즈비언

이야?"

대표는 다시 한번 영진 씨의 얼굴에 거의 닿을 듯이 휴대 전화 화면을 들이댔다. 그러고는 영진 씨가 답이 없자 옆자리 소정에게 핸드폰 화면을 보였다.

"야, 송 대리, 너도 알았지?"

엉거주춤 일어난 내 쪽에서도 대표의 휴대전화 화면이 보였다. 휴대전화 화면에는 영진 씨의 얼굴이 있었다. 뺨 한쪽에 무지개 페인팅이 그려진 모습이었다. 어떤 상황인지 대충 짐작이 갔다. 나중에 영진 씨에게 들은 바에 따르면, 그건 퀴어문화축제에 참여했을 때 찍힌 영상의 캡처 이미지였다. 기독교 채널 유튜버가 축제에 참여한 사람들의 얼굴이 그대로 드러난 영상을 업로드했는데 그중 자신의 얼굴도 포함되었다는 것이었다. 대표는 영진 씨에게 이 사진을 해명해 보라고 닦달하기 시작했다. 그러나 영진 씨는 자리에 가만히 앉아 있었다. 대표와 대표의 휴대전화를 번갈아 보면서, 여전히 한 손을 마우스에 얹은 채로. 곧 팀장 셋이 일어나 대표를 회의실로 이끌었다. 영진 씨는 조용히 가방을 챙기더니 자리에서 일어섰다. 나는 영진 씨를 따라나섰다.

"저는 괜찮아요. 내일 봬요, 과장님."

엘리베이터 앞에서 영진 씨는 짐짓 담담한 척 말했다. 아니, 정말 담담했을지도 모르겠다. 나는 영진 씨의 어깨를 두드려주었다.

　　"내일 봐요. 꼭."

　　나는 힘주어 말했다. 사무실은 쥐 죽은 듯 조용했다. 대표는 대표실에서 아직 나오지 않은 듯했고, 함께 들어간 팀장들도 보이지 않았다. 다른 직원들은 각자 자리에 앉아 숨을 죽이고 있었다. 나는 그제야 화가 나기 시작해서, 노동청 홈페이지에 들어가서 성적 지향에 따른 사내 모욕 행위에 대한 처벌이 존재하는지 검색해 봤다. 아무것도 검색되지 않았으므로 더 화가 났다. 잠시 후 대표는 쿵쾅대며 사무실을 떠나버렸고, 다음 날부터는 아주 유치하게 굴기 시작했다. 대표는 영진 씨의 자리를 대표실 바로 앞으로 옮겨 놓았으며, 틈만 나면 영진 씨 자리로 다가와 말을 걸었다. 물론 대표가 하는 말의 대부분은 업무와 무관한, 그저 시비를 걸기 위한 것들이었다. 한번은 영진 씨가 근무시간 중에 졸았다며 사무실 밖의 복도로 나가 잠을 깨고 오라고 지시한 적도 있었다. 대표는 아마도 이 분위기를 버티지 못하고 영진 씨가 제 발로 걸어 나갈 거라고 생각한 것 같았다. 하지만 영진 씨는 전에도 그랬듯, 특유의 집념을 발휘해 그 상황들을 견뎌냈다.

　　다행스러운 일이라면 대표의 행태에 화가 난 직원들, 혹은 이러다 큰일 나겠다고 생각한 직원들이 제법 있었다는 사실이었다. 후자에 속한 사람으론 기획홍보팀 팀장이 있었다.

T 그는 우리 회사가 나름의 규모를 갖출 수 있었던 데에 지난해 수입한 퀴어 영화 두 편의 덕이 컸다는 사실을 누구보다 잘 알았다. 지난봄, 그는 동성애 영화는 죽어도 싫다는 대표의 반대를 무릅쓰고 퀴어 영화 〈런던의 물결〉을 수입하자고 무리수를 던졌고, 그 도박에 성공한 끝에 대표의 인정을 얻고 공석으로 남아 있던 팀장 자리까지 차지했다. 〈런던의 물결〉은 우리가 예상한 관객의 열 배 이상을 모으며 효자 노릇을 톡톡히 했다. 대표의 SNS 계정에 팔로워가 늘어난 것도 바로 〈런던의 물결〉 덕이었다. 그다음 들여온 〈설탕의 값〉 역시 성공하며 기획홍보팀 팀장은 사내 입지를 완전히 굳혔다. 그러나 만약 영진 씨가 사무실에서 당한 일을 SNS에 고발하기라도 한다면 이 같은 성공 행진은 역풍이 될 터였다. 기획홍보팀 팀장은 이 사실까지도 웬만큼 파악하고 있었던 것 같다. 〈런던의 물결〉을 우리가 들여와야 한다고 주장했을 때처럼, 그는 이 사실을 유하게, 그러나 꾸준하고도 집요하게 대표에게 납득시켰다. 나와 소정, 영진 씨와 같은 날 입사한 혜나 씨도 그의 주장에 무게를 실어주었다. 영진 씨가 자리를 옮긴 지 삼 주째 되던 날, 우리는 다 같이 대표실로 들어가 이 상황을 얼른 마무리하는 것이 모두에게 좋겠다는 주장을 펼쳤다.

"영진 씨가 언제 마음을 바꿔먹을지 모릅니다. 그리고 영진 씨는 소셜네트워크에 친숙한, 아주 전형적인 MZ 세대예요."

기획홍보팀 팀장은 그렇게 이야기를 마무리했다. 조금 이상한 논리이기는 했지만, 결과적으론 그의 방식이 유효했다.

다음 날 오전, 대표는 그간의 일을 공식적으로 사과했다.

"그날 일은 내가 호모포비아처럼 행동한 면이 있었고……. 영진 씨에겐 내가 참 미안하게 생각합니다."

대표는 전 직원을 대회의실로 불러놓고 그렇게 말했다. 나는 대표가 스스로를 호모포비아로 지칭한 것에 약간의 충격을 받았다. 아니 감동이랄까? 영진 씨의 고집이 세상을 바꿔놓았다는 생각이 들었던 것이다. 그리고 그건 우리의 승리이기도 했다. 그날 저녁, 영진 씨와 영진 씨를 지지했던 나와 소정, 혜나 씨 네 사람은 회사 인근의 호프집으로 몰려갔다. 우리가 이룬 작은 승리를 자축하기 위해서였다. 우리는 노상에 펼쳐놓은 플라스틱 테이블에 둘러앉아 차가운 맥주를 마셨다. 늦여름의 후텁지근한 공기를 말끔히 씻어주는, 감탄이 나오는 맛이었다.

"우리는 '한강의 물결'이에요."

제일 먼저 잔을 말끔히 비운 혜나 씨가 농담하자 모두가 웃음을 터뜨렸다. 좀체 웃지 않던 영진 씨도 그랬다. 영진 씨만큼은 아니지만 회사에서 알게 모르게 겉돌던 나에게, 그날은 이상한 기억으로 남았다. 생각해 보면 소속감이나 동료애

T 같은, 내가 평소에 가져보지 못한 감정을 그 순간 잠깐 맛보았다는 생각도 든다.

하지만 그날로부터 정확히 일주일 뒤, 영진 씨는 사직서를 냈다.

영진 씨가 퇴사 의사를 밝힌 뒤 사무실을 떠나기까지는 3주가 걸렸다. 퇴사 과정에 따르는 통상적인 시간이었다. 3주는 느리게 흘러갔다. 더는 대표가 사무실에서 큰소리를 내는 일도, 직원들이 힘을 합칠 일도 없었다. 공식적인 사과 이후, 대표는 직원들과의 지난한 싸움에 지친 것 같았고, 적어도 내 눈에는 미안하다는 제스처를 취하는 것처럼 보였다. 영진 씨에게 추천서를 써주겠다고 먼저 제안하기도 했으니까. 소정이나 혜나 씨는 조금 허탈해 보였다. 특히 소정은 허탈감을 넘어, 영진 씨에게 상처를 받은 것 같았다. 충분히 이해가 갔다. 소정이 그동안 난처한 입장이 되어 고생한 것을 나는 알고 있었다. 난처한 입장에도 불구하고 영진 씨를 위해 목소리를 냈다는 것도. 소정은 더는 내게 영진 씨 일을 하소연하지 않았지만 나는 틈틈이 소정과의 채팅방에 새로 구매한 BTS 이모티콘을 보내주었다.

한편으론 나도 화가 났다. 나 역시 대표에게 밉보이는 걸 감수하고 영진 씨를 도왔으니까. 나는 일을 하다 말고 대각선

자리의 영진 씨를 훔쳐보곤 했다. 영진 씨는 평소와 다르지 않았다. 집중한 표정으로 모니터를 들여다봤고, 전화를 받았고, 정오가 되면 혼자 사무실을 나섰다. 다만, 퇴근 전에는 자리에 두었던 물건들을 조금씩 정리해 가져가거나 버렸다. 영화 관련 도서들이며 가습기, 손 소독제, 영양제, 그동안은 좀체 치우지 않던 서류 뭉치들이 하루하루 줄어갔다. 퇴사 이틀 전, 영진 씨는 내게 카톡으로 작별을 고했다. 그동안 잘 대해줘서 고마웠다는 짧고 간결한 인사였다. 나는 뭐라 대답하는 대신 이모티콘만 하나 보내주었다. 그게 다였다. 마지막 근무를 하던 날조차 영진 씨는 누구와도 작별 인사를 나누지 않은 채 조용히 사무실을 나섰다.

　　그날, 소정과 나는 성수동의 단골 술집을 다시 찾았고, 감자전과 두부김치에 소주를 시켰다. 소정은 영진 씨가 입사해 함께 일한 시간이 모두 꿈같다고 했다. 그러니까, 악몽 같다고. 나는 소정의 잔에 소주를 따라주었다. 소정은 빠르게 술잔을 비웠다. 나는 소정처럼 영진 씨가 밉거나 싫지는 않았지만, 적어도 그 순간에는 이 모든 소동을 겪지 않았으면 좋았을 거라는 생각에 공감했다. 나는 소정과 잔을 부딪쳐 가며 연거푸 소주를 털어 넣었다. 어느 순간이 되자 취기가 한꺼번에 몰려왔다. 소정은 나보다 먼저 취했다. 소정은 젓가락으로 두부를 잘게 부수다가 젓가락을 테이블에 거칠게 내려놓았다. 젓

T 가락 한 짝이 쨍그랑거리며 바닥에 떨어졌다. 내가 젓가락을
줍는 동안 소정이 별안간 소리를 질렀다.

"언니, 나는 영진 씨가 하나만 했으면 좋겠어! 레즈비언
이랑 잇팁 중에 하나만, 하나만 했으면 좋겠어!"

술집에 있던 다른 사람들이 일순간 동작을 멈추고 우리
를 쳐다볼 만큼 큰 소리였다. 나는 황급히 일어나 소정에게 찬
물을 먹이고는 허둥지둥 계산서를 들고 카운터로 갔다. 소정
을 얼른 집에 보내야겠다는 생각이 들었다. 가방을 챙겨 들고
꾸벅꾸벅 졸고 있는 소정을 일으켜 세우면서, 나는 이상한 수
치심에 사로잡혔다. 소정을 데리고 택시를 잡는 동안에도 마
찬가지였다. 무언가가 이해되었다는 생각이 들었고, 그러다
곧 그것이 영진 씨라는 걸 깨달았다. 그러니까, 대표가 갑자기
사무실로 들이닥쳤던 날 영진 씨가 느꼈을 곤혹감을 아주 약
간은 알 것 같았다.

그러나 그건 아주 잠깐의 상념이었다. 나는 곧 카카오 택
시 기사님에게 걸려 온 전화를 받고 내가 서 있는 위치를 설명
해야 했고, 술에 취해 집에 가지 않겠다고 우기는 소정을 억지
로 택시 뒷좌석으로 밀어 넣어야 했다. 그 뒤로는 기억이 나지
않는다. 나는 부랴부랴 전철역으로 뛰어가 막차를 타고 집으
로 돌아갔고, 다음 날에는 술병이 나서 오전 반차를 썼다. 그
날 이후로도 영진 씨에게 무슨 말을 하고 싶다고 종종 생각하

긴 했지만 일상에 치여 그러지 못했다. 무엇보다 어떤 말을 해야 할지 알 수 없었다. 단순하게 힘내라는 말을 하고 싶진 않았다. 안부를 묻고 싶은 것도 아니었다. 내가 그렇게 망설이는 사이 시간은 빠르게 흘러서, 뭘 말할 수 있는 타이밍은 완전히 지나버렸다. 아니, 처음부터 그런 타이밍이 있긴 했는지 모르겠다.

*

"많이 힘드시죠?"

영진 씨는 낮은 테이블을 사이에 두고 앉아 말했다. 나는 그 담백한 위로가 우스워 웃고 말았다. 그러고는 목소리를 낮추고 대답했다.

"사실 별로 안 힘들어요. 중학생 때 이후로 아버지를 본 적이 없거든요."

"아…… 네."

"영진 씨, 이제 생선도 안 먹어요?"

"네, 이제 페스코가 아니라 락토오보거든요."

영진 씨는 육개장은 물론, 멸치조림과 동태전도 마다한 채 김치와 호박전만 반찬 삼아 밥을 먹고 있었다. 그러면서 락토오보란 육류는 물론 생선과 해산물도 먹지 않는 채식주의

ⓣ 를 뜻한다고 설명했다. 나는 후식인 꿀떡과 귤을 영진 씨 앞으로 밀어주었다. 그 정도가 영진 씨가 먹을 수 있는 전부였다.

"영진 씨, 사실 그땐 얘기를 안 했는데, 나도 잇팁이에요. ISTP."

"제가 잇팁인 거 기억하세요?"

"그럼요. 그때 문재인이 잇팁이라고 그래서 분위기 싸해진 것도 기억나는데요."

"사실 블라디미르 푸틴도 잇팁인데 분위기 망칠까 봐 그 얘기까진 안 했던 건데요."

나는 어이가 없어서 한 번 더 웃었다. 우리는 테이블 가장자리에 놓여 있던 맥주를 한 캔씩 집어 건배했다. 맥주는 미지근했다.

"잇팁 중에 멋있는 사람도 많아요. 제임스 본드가 잇팁인 거 아세요? SF 영화에서 톰 크루즈가 맡는 역할도 거의 다 잇팁이래요."

영진 씨가 진지하게 말했다. 나는 그런가, 하고 꿀떡을 하나 집어 먹었다. 제임스 본드와 SF 영화 속의 톰 크루즈……. 나는 이런저런 캐릭터들을 떠올려봤지만 특별한 연결점을 찾지 못했다.

"총 맞기 좋은 타입이란 뜻인가."

나는 맥주를 또 한 모금 마시며 중얼거렸다. 영진 씨가 택시를 부르기 전에, 퇴사를 결정한 것은 잘한 일이라고 말해주려고 했다. 아니면 갑작스러운 퇴사도 이제는 이해한다고 이야기하거나. 그러나 택시가 생각보다 일찍 잡혀버려서 이번에도 타이밍을 놓쳤다. 나는 미지근한 맥주로 입을 헹구곤 영진 씨를 장례식장 입구까지 배웅했다. 택시가 도착하기 직전, 영진 씨는 중요한 비밀을 전해준다는 듯 내게 말했다.

"과장님, 잇팁은 절대 안 죽는 타입이기도 해요. 제임스 본드는 절대 안 죽잖아요. 〈007〉 시리즈 끝날 때까지."

영진 씨는 그렇게 말하곤 장례식장 주차장을 가로질러 온 택시에 탔다.

"잘 지내요, 영진 씨."

나는 문이 닫히기 전 얼른 말했다. 그러고는 택시가 장례식장 주차장을 빙 돌아 나가는 것을 조용히 지켜보면서, 영진 씨가 죽지 않고 끝까지 살아남기를 속으로 기도했다.

요즘엔 어느 자리에서든 **MBTI** 이야기를 하는 것 같습니다. 그런데 저는 언제부턴가 저의 **MBTI**를 밝히는 일이 조금 쑥스러워졌어요. 아마 제가 **MBTI** 유형의 장점보다는 단점에 더 주목하고 있기 때문이겠죠. **ISTP**을 주인공으로 고른 이번 소설도 그렇게 접근한 것 같습니다. 본인이 **ISTP**이라는 사실을 다소 머쓱해하는 인물을 생각한 다음, **ISTP**과 어울리지 않는 업종을 찾아봤고, 그곳에서 **ISTP**이 겪을 고난을 구상했습니다. 못돼먹은 방식으로 소설을 만든 셈입니다. 다만, 직장인들이 꼽은 최고의 직장 동료 **MBTI**로 **ISTP**이 선정되었다는 사실이 이 글을 읽으시는 **ISTP** 독자 여러분에게 소소한 위로가 되었으면 합니다.

서장원　　소설집 《당신이 모르는 이야기》가 있다.

메탈

우린 시대를 잘못 타고났어. 1980년대에 살았어야 했는데. 백두산, 시나위, 철장미, 블랙홀, 금시조에 모두가 열광하던 시대에.

*

그들은 람슈타인이 결성된 1993년에 태어났다. 동독에서 약 8,500킬로미터 떨어진 대한민국의 소도시에서.

열일곱이 되던 해, 그들은 방과 후 밴드부실에서 처음 낯을 익혔다. 선배들은 동아리실 바닥에 과자와 음료를 부려두고 신입생들을 맞았다. 신입생들은 흡음 스펀지가 벽에 덕지덕지 붙은 밴드부실에 꼿꼿이 앉아 선배들의 말을 경청하고 고개를 주억였다.

너넨 무슨 밴드 좋아하냐?

열 명 남짓한 신입생들에게 선배는 물었다. 자우림, 라디

오헤드, 비틀스, 뮤즈…… 록을 좋아하는 사람이라면 누구나 익히 들었을 밴드가 튀어나왔다. 선배는 흐뭇하게 신입생들을 쳐다보았다. 이제 우림의 차례였다. 선배는 우림에게 물었다.

넌 어떤 밴드 좋아하냐?

람슈타인이요.

람슈타인? 처음 듣는데.

당황하는 선배들과 달리 맞은편에 앉은 조현과 시우의 얼굴엔 화색이 돌았다.

쟤 뭘 좀 아는구나.

고교 밴드부에 메탈을 좋아하는 사람은 드물었다. 잘 아는 사람은 더더욱 없었고.

자연스럽게 세 사람은 한 팀이 되었고, 그해 여름 첫 합주를 했다. 람슈타인의 〈Ich will〉. 고교에 입학하기 전까지는 일면식도 없던 세 친구가 처음 합을 맞추어본 곡이었다.

우림은 기타와 보컬을, 조현은 베이스를, 시우는 드럼을 맡았다. 디스토션을 잔뜩 먹여 왜곡이 크고 거친 쇳소리를 내는 기타와 광폭한 드럼 연주, 강세가 강한 베이스. 관객의 호응은 크지 않았다. 몇몇은 옅은 격려를 보냈지만 다수는 저 괴짜들은 뭐야, 라는 듯 냉한 반응을 보였다.

우리는 너희를 이해할 수 없어.

그들이 내뱉는 〈Ich will〉의 독일어 가사는 관객에게 이질감을 느끼게 했으나, 그들을 '우리'라는 이름으로 묶는 데는 충분했다.

첫 합주가 끝난 뒤, 세 사람은 방과 후마다 합주실에 모여 서로의 내력을 알아가고 취향을 나누기 시작했다.

만화광이었던 시우는 와카스기 키미노리의《디트로이트 메탈 시티》를 읽고 순식간에 메탈에 빠져든 케이스였고, 메탈의 반사회적이고 파괴적인 메시지가 자신이 지향하는 바와 닮아 있다고 누누이 말하곤 했다. 봉사 동아리 회장으로 주말마다 동네 해수욕장에서 쓰레기를 줍던 그의 면면과는 영 어긋났지만.

조현은 퀸의 〈Stone Cold Crazy〉를 듣고, 그와 비슷한 장르의 음악이 무언지 찾아보다 메탈을 알게 되었다고 했다. 조현의 아버지는 교육열이 남달랐고―조현은 유치원 때부터 학원을 다섯 군데씩 다녔다―아들이 음악에 빠지는 것을 염려했지만 유일하게 퀸의 음악만큼은 듣도록 허락했는데, 멤버 전원이 명문대 출신이기 때문이었다.

이제 퀸은 안 들어.

조현이 눈치를 보며 덧붙였고, 우림이 그에 말을 보탰다.

당연히 그래야지. 그런 짜치는 노래를 왜 듣냐.

우림의 형은 우림과 열 살 터울이 졌는데, 형이 독립한 뒤 그의 방을 우림이 쓰게 되었고, 그가 두고 간 모터헤드의 CD를 질릴 때까지 듣다 메탈에 맛을 들였다고 설명했다.

형님이 메탈 좀 들을 줄 아시네.

S

시우는 메탈 밴드의 스티커가 잔뜩 붙은 아이팟을 합주실의 낡은 앰프에 연결하고 모터헤드의 노래를 재생시켰다. 우림의 형은 취업을 한 뒤로 더 이상 음악을 듣지 않았지만―그때의 우림은 형이 왜 그런 시시한 어른이 되었는지 이해할

E

수 없었다―우림은 그 말은 삼킨 채 모터헤드의 노래를 거칠게 따라 불렀다. 조현과 시우도 베이스를 튕기고, 드럼의 트윈 페달을 밟으며 어설픈 연주를 이어갔고.

서로의 성향이나 기질을 지표로 한데 묶어줄―이를테면 MBTI 같은―수단조차 없던 시기였으나, 그들은 서로가 비슷한 결을 가진 사람들이라 믿어 의심치 않았다.

그들이 살던 곳은 관광도시로 불렸지만 볼만한 것이라곤 누렇고 탁한 바다와 촌스러운 간판을 단 횟집, 갈매기뿐인 지루한 동네였다. 부모들은 대개 어업이나 숙박업에 종사했고, 고교를 졸업하면 자녀들이 그 뒤를 이어 민박을 운영하거나 식당 일을 도맡았다.

아주 망하지도 않겠지만, 더 나아질 것도 없는 동네.

우림의 부모 역시 그 동네에서 작은 펜션을 운영했다. 할

(T) 아버지 때부터 2대째 영업해 온 숙박업소는 이름만 펜션이지 실상은 여인숙이나 다름없을 정도로 남루했고, 술이 잔뜩 올라 위생이나 시설에 개의하지 않는 관광객이나, 주머니 사정이 넉넉지 않은 대학생들이 잠깐씩 묵었다 가곤 했다.

피서 철이 되면 우림은 투숙객이 퇴실을 마친 방에 몰래 들어가 그들이 두고 간 맥주를 챙겼다. 김이 빠진 맥주건, 미지근한 맥주건 가리지 않고 죄다. 그렇게 챙긴 술을 백팩에 넣고 해변으로 가면 오토바이의 전조등을 밝힌 채 시간을 죽이는 시우와 조현을 만날 수 있었다.

조수가 다 빠진 새벽의 해안은 고즈넉하고도 평온했다. 세 사람은 둘이 앉기도 버거운 오토바이에 억지로 욱여 앉은 채 바닷물이 밀려나가 해면이 낮아진 해안도로를 달렸다. 돌이켜 보면 무모나 치기에 가까운 일이었다. 가로등 하나 없는 도로에선 해안의 경계를 분간할 수 없었고, 그들이 몸을 틀 때마다 배기량 125시시의 작은 오토바이는 위태롭게 휘청거렸다. 연석에 부딪칠 가능성도 있었고, 때를 놓쳐 만조가 되면 오도 가도 못한 채 길 한가운데서 잠길 수도 있을 터였다. 하지만 그들에게 그런 것은 큰 문제가 되지 않았다. 주다스 프리스트의 〈Before The Dawn〉을 들으며. 아침이여 나를 데려가지 말아요, 목청껏 가사를 따라 부르며. 그들은 미지근한 맥주를 마시고 기분 좋게 취해갔다. 의지할 것이라곤 희미한 전조 (P)

등과 친구들의 비명과 웃음뿐이었지만, 그들과 함께 달리고 있으면 우림은 더 나아질 것도 망할 것도 없는 현실에 어떤 개연성이 부여되는 것 같았다. 녹슬지도 썩지도 않을 꿈을 영원히 꿀 수 있을 것만 같은, 그런.

주다스 프리스트도 몰락한 동네에서 메탈이라는 꿈을 꾸던 이들이었으니까.

짜고 시원한 바닷바람이 머리칼을 흩트리고 모든 것을 엉망으로 만들 때까지 그들은 험한 도로를 마음껏 내달렸다.

＊

학년이 올라간 뒤에도 세 사람은 여전히 새벽이면 오토바이를 타고 해안도로를 달리거나, 합주실에 모여 메탈 밴드의 음악을 커버하곤 했다. 변함없는 일상이었지만 달라진 것이 있다면 시우와 조현은 이과반, 우림은 문과반으로 과가 나뉘었고 그해 여름 세 사람 모두 밴드부에서 퇴출당했다는 것이었다.

밴드부 정기 공연이 발단이었다. 지난 공연의 수모를 잊기 위해 그들은 람슈타인의 〈Ich will〉을 다시 부르기로 했다. 1년 전 서투르게 고전했다면 이번에는 관객의 시선을 사로잡을 강력한 한 방이 필요하다고 여기며.

결의를 다진 채 그들은 무대에 올랐다. 관객의 반응은 전과 다를 바 없이 시원찮았다. 간주가 흐르는 중에 우림이 객석으로 난입해 스캥킹♦을 시도했으나, 관중의 시큰둥한 반응 때문에 팔다리를 흔들다 말고 도로 무대로 올라가기도 했다. 노래가 클라이맥스에 다다를 즈음, 시우가 드럼 스틱을 놓고 무대 앞으로 나갔다. 그의 손에는 산업용 가스 토치와 라이터가 들려 있었다. 이날을 위해 세 사람은 몇 주 전부터 작당을 모의했다. 공연마다 화염방사기로 불쇼를 벌이는 람슈타인처럼 우리도 작게나마 이벤트를 벌이자고.

내가 할래.

시우가 호기롭게 선언했고, 조현과 우림도 그에 동의했다. 드럼은 늘 뒤로 빠져 있으니까 한 번쯤 앞에 나설 기회도 주어야 한다며.

시우는 토치의 점화 버튼을 누르고 불을 붙였다. 모든 것이 순조로울 줄 알았으나 조준 방향을 잘못 잡았는지 불길이 시우의 안면을 향해 치솟았고, 그는 날카로운 비명을 지르며 그대로 쓰러졌다. 이후부터는 세 사람 모두 기억이 흐릿하다. 바닥을 굴러가던 토치, 얼어붙은 학생들, 서둘러 달려오던 교사, 앰뷸런스 사이렌, 해산을 알리는 교내 방송…… 그런 단편

♦ 팔다리를 교차하며 춤을 추는 행위.

만이 간간이 떠오를 뿐.

이 사건으로 시우는 각막에 화상을 입어 한동안 병원에 입원했다. 회복되긴 했으나, 후유증으로 직사광이 강한 곳에선 눈을 잘 뜨지 못하게 되었다. 습관적으로 눈살을 찌푸리다 보니 1년 정도 지나자 미간에 주름이 깊게 파였는데, 오히려 그는 전보다 더 반항적인 인상을 지니게 되었다며 자못 만족해했다.

시우가 입원해 있는 동안 조현과 우림은 수시로 교무실에 불려 가 온갖 질책을 받았다. 동아리 담당 교사는 교내 봉사로 끝난 것을 다행으로 여기라고, 정학도 충분히 가능한 행동이었다고 그들을 책망하며 탈퇴를 권고했다.

너희는 뭉쳐 있으면 안 되겠다. 또 무슨 사고를 벌일지 모르니…… 쯧.

그들에게는 부모가 학교로 소환되거나 일주일간 화장실 청소를 도맡는 것보다 밴드부 탈퇴 권고가 더 절망적이었다. 당장 합주를 할 공간도, 따로 모일 만한 곳도 마땅치 않았다.

절망이 체념으로 뒤바뀌어 가고, 세 사람의 회동도 뜸해질 무렵, 보름 만에 학교로 돌아온 시우가 묘안을 내놓았다.

그럼 아지트 하나 만들지, 뭐. 우리 아빠 낚시 창고 있잖아.

컨테이너 임대업을 하는 시우의 아버지는 이태 전 잠시 낚시에 빠졌는데, 몰입의 정도가 지나쳤는지 낚싯대며 릴, 찌를 어마어마하게 사들였고, 종내엔 이동식 컨테이너 하나를 해변에 옮겨 낚시용품을 두는 용도로 사용했다. 하지만 워낙 권태가 심한 사람이라 금세 낚시에 흥미를 잃었고, 판매하기도 무엇하고 관리조차 안 되는 컨테이너는 해변 한편에 덩그러니 방치되어 있었다.

거기 우리가 먹자.

근데 우리가 먹어도 되냐, 들키면?

들키면 부딪쳐 봐야지. 뭐 어쩌겠냐.

메탈리카도 창고에서 첫 데모 테이프를 녹음하지 않았냐, 위대한 밴드는 모두 창고에서 탄생한다 시우는 말했다. 조현도, 우림도 그 말에 깊이 동조했다.

세 사람은 짬이 날 때마다 컨테이너에 들러 그곳을 청소하고 꾸몄다. 분리수거장에서 책꽂이를 주워 와 주다스 프리스트, 데빈 타운센드, 블랙 사바스의 음반들을 채워 넣었고, 곰팡이 슨 벽에는 흡음 스펀지를 붙이고, 들창은 포스터로 가렸다. 앰프와 이펙터, 시우의 집에 있던 드럼세트까지 옮겨두자 그럴싸한 합주실처럼 보였다.

아지트에서의 8할은 합주를 하거나 라이브 실황 영상을 보는 데에 할애되었다. 머리를 맞대고 밴드 이름을 짓기도 했다. 레드 제플린, 딥 퍼플처럼 우리도 이름에 색을 입히는 건 어떠냐, AC/DC처럼 강한 전류를 띤 이름은 어떠냐. 몇 주를 설왕설래했지만 무엇 하나 마음에 차지 않았다.

하루는 화학 수업을 듣고 온 조현이 끝내주는 밴드명을 찾았다며 그들을 아지트로 불러 모았다.

코발트 어때?

코발트. 그림의 안료로도 쓰이고, 어마어마한 화력의 폭발물을 만들어낼 수도 있는 금속. 강자성을 띠어 자력이 없는 물체를 끌어당기기도 하는, 위험하지만 아름다운 원소.

코발트는 그들의 마음을 단번에 끌어당겼다.

그들은 주저 없이 컨테이너의 외벽을 코발트블루로 칠했다. 방과 후, 푸르고 짙은 빛이 감도는 아지트의 외벽이 멀리서 희미하게 보이면 우림은 누구보다 먼저 그곳으로 뛰어 들어갔다. 가방은 던져둔 채 굉장한 곡을 찾았다며 음감회를 벌이고, 자신들만 아는 농담과 서브컬처를 나누며 낄낄대고……

아지트에 모여 친구들과 합주를 할 때마다 우림은 남모르게 그들과 한 무대에 설 미래를 그려보곤 했다. 관중으로 꽉 찬 스타디움에서 함께 연주할 자작곡. 불기둥이 터지고, 수많은 관객들이 떼창과 환호를 쏟아내는…… 찬란한 미래. 그런 상상을 할 때면 아지트의 쿰쿰한 냄새와 습기도 견딜 만해졌다.

물론 아지트가 늘 평온하고 유쾌했던 건 아니다. 사소한 말다툼이나 크게는 주먹다짐이 오갈 때도 있었다. 그들은 공회전하는 대화를 즐기지 않았고 직설적으로 말을 뱉곤 했는데, 이따금 정제되지 않은 말이 누군가에게 상처를 입히기도, 역린을 깊숙이 건드리기도 했다.

겨울방학에 접어들며 조현은 베이스 대신 수능 문제집을 들고 왔다. 친구들이 유튜브로 콘의 라이브 공연을 보고 어레인지하는 동안, 그는 이어폰을 낀 채 영어듣기평가를 하고 미적분을 풀었다. 저거 얼마나 가겠냐며 대수롭지 않게 생각하던 우림도 그 겨울 내내 조현이 수능에만 몰두하자 차차 날이 섰다.

한번은 바닥에 엎드려 모의고사 문제지를 채점하는 조현에게 우림이 소리쳤다.

야, 언제까지 할 거야. 합주 안 해?

이것만 맞춰보고.

적당히 해. 여기가 독서실이냐.

우림이 문제지를 발로 툭 찼고, 그 바람에 종이가 구겨졌다. 씨발. 조현이 나직이 중얼댔다.

뭐?

하라는 대로 다 맞춰주니까 우습냐? 안 그래도 성적 안 오른다고 꼰대가 지랄해서 기분 엿같은데.

그만하라며 중재하는 시우를 아랑곳하지 않고 조현은 날 선 말을 뇌까렸다. 끝내 마음에 없는 말까지도.

하기야 대학 갈 성적도 안 되는 새끼가 뭘 알겠냐. 그래, 평생 되지도 않는 음악이나 해라.

그 말에 우림이 순식간에 주먹을 날렸다. 조현의 안경테가 부러졌고 코피가 흘렀다. 피가 뚝뚝 떨어지는 코를 잡고 조현은 우림을 한참 쏘아보았다.

나쁜 새끼.

문을 박차고 나가는 조현을 시우가 서둘러 따라나섰다. 정적이 감도는 아지트에 남아 우림은 울분을 삭였다. 평생 되지도 않는 음악이나 해라. 그런 말을 조현에게 들었다는 것이 도저히 믿기지 않았다. 비겁한 새끼. 분에 못 이겨 발에 차이는 것마다 걷어차다 조현이 두고 간 문제지까지 걷어찼다. 구겨진 문제지 귀퉁이에 작은 낙서가 그려져 있었다. '공부하기 싫어', '수능 좆 까', 흘려 쓴 속마음, 조잡하게 따라 그린 메탈리카 로고와 합주를 하는 세 친구의 캐리커처.

문밖에서 엔진 소리가 들려왔다.

야, 밤바리나 하러 가자.

시우가 문틈으로 고개를 들이밀고 말했다. 우림은 쭈뼛대며 밖으로 나갔다. 코를 휴지로 막은 조현이 오토바이 위에 걸터앉아 있었다. 열없이 사과하고 화해하는 대신 우림은 조현 뒤에 자리를 잡았다. 시우가 맨 앞에 올라 시동을 걸었다.

출발한다. 꽉 잡아라.

주다스 프리스트의 음악을 크게 틀어두고 바닷바람을 맞다 보면 서로를 향한 염오도, 부박함도 서서히 스러졌다.

아침이여, 나를 데려가지 말아요.

냉기에 뺨이며 손등은 얼얼해졌지만, 가슴은 뜨겁게 부풀어 올랐다. 메탈의 열기는 귓가로 흘러 들어와 온몸을 한 바퀴 훑고서도 빠져나가지 않았다. 부도체 같은 그들에게 전류가 흐름을 알 수 있게 해준 음악. 이 시절이 영원할 것처럼 그들은 짙푸른 밤을 내달렸다.

*

조현은 아버지의 바람대로 서울권 대학에 입학했다. 인 서울이라지만, 명문과는 거리가 먼 대학. 실망감에 아들의 졸업식에도 오지 않은 조현의 아버지와는 달리 시우와 우림은 누구보다 경사스러워했고, 조현이 타지에서도 무탈하길 기원했다.

이 동네는 형들이 꽉 잡고 있을 테니까 너는 서울에 터 닦고 기다려라.

동네에 남은 두 친구는 각자의 몫을 하며 지냈다. 한동안 재수 학원에 다녔던 시우는 이듬해 낙방한 뒤 아버지 밑에서 일을 배우기 시작했고, 우림은 부모의 펜션 일을 도우며 음악에 전념했다. 아지트에 틀어박혀 온종일 크로매틱♦을 반복하기도, 작곡을 한답시고 핸드폰 녹음 앱을 켜고 허밍을 하기도 했다. 지금도 우림은 간혹 그때 녹음한 곡들을 들어보곤 한다. 조악하기 그지없지만 가만히 듣고 있으면, 가슴속에서 무언가 뜨겁게 일렁이곤 한다. 한 시절의 열정, 투지. 그리고 어렴풋한 희망. 그 때문에 반도 못 듣고 꺼버리지만.

독실한 신자였던 우림의 어머니는 아들이 메탈에 빠져 있는 것을 달갑지 않아 했다. 우림 몰래 방에 걸린 포스터와 CD를 버렸고,―우림이 길길이 날뛰며 그것들을 다시 주워왔지만― 부지런히 철야 기도를 다니며 우리 둘째가 사탄의 유혹에서 빠져나오도록 도와주시옵소서, 간절히 빌었다. 때때로 우림에게 슬며시 교회 동행을 권하기도 했다.

너 교회 안 갈래? 목사님이 이번 주엔 너도 꼭 오라던데.

엄마, 저 냉담자예요.

들은 시늉도 않는 아들을 어머니는 각근히 교화하려 애썼다.

목사님께 들었는데, 얼마 전 미국에서 총기 난사한 애들도 메탈인가 뭔가를 즐겨 들었다더라. 악마도 숭배하고.

엄마, 그거 다 비약이고 억측이에요. 왜 그런 무논리에

♦ 메트로놈에 맞춰 반음계를 기계적으로 오르내리며 연주하는 손가락 훈련.

현혹되세요?

회유를 야멸차게 받아치는 아들이 못마땅했지만 그녀는 참을 인을 새기며 완곡히 말을 이었다.

가요나 클래식. 그런 걸 듣지 그러니. 왜 좋은 걸 놔두고 너는…….

이게 제가 좋아하는 거예요. 엄마는 왜 다양성을 인정하지 못하세요.

우림의 말을 듣고 그녀는 잠시 멍해져 있다 얼굴을 붉히며 중얼댔다.

하나님 맙소사. 네가 사탄에게 단단히 빠졌구나. 우리 아들이 사탄의 노리개가 되었어.

질세라 우림도 말을 보탰다.

그런 편협한 사고 때문에 메탈이 부흥하지 못하는 거라고요. 백날 찬송가 듣는 것보다 건즈 앤 로지스 한 번 듣는 게 사회에 더 이로울걸요.

말은 그렇게 했지만, 아지트에서 홀로 기타를 치고 아무도 들어주지 않는 데모 앨범을 녹음하다 보면 불현듯 사념에 잠길 수밖에 없었다.

청춘의 가장 푸른 시간을 이렇게 흘려보내도 괜찮을까.

긍지와 소신이 무위가 되고 무용이 되어버리는 순간.

그럴 때 우림이 기댈 수 있었던 건 친구들뿐이었다. 전화

한 통이면 시우는 일을 하다가도 아지트로 달려왔고—비록 볼멘소리를 늘어놓았지만—조현도 방학이 되면 집 대신 아지트에서 더 많은 시간을 보냈다. 낮에는 우림이 작곡한 음악을 함께 연주했고, 밤에는 맥주와 소주를 섞어 마시며 회포를 풀었다.

대학은 어떠냐?

따분하지. 강의도 재미없고 동기들도 짜치고. 너는? 아버지 밑에서 일할 만하냐?

할 만하겠냐. 얼마나 갈구는지 육체노동인지 감정노동인지 모르겠다.

어디로 흘러갈지 모르는 현실은 저 너머로 밀어둔 채 그들은 혀가 꼬일 때까지 과거의 무용담을 늘추고, 스피커 볼륨을 최대로 높여 메탈을 들었다. 블랙 사바스, 슬레이어, 그리고 모터헤드.

레미 형은 여전히 건재하시네.

레미 킬미스터가 무슨 형이냐. 할아버지뻘인데.

야, 메탈 판에선 다 형이고 동생이야.

영양가 없는 사담을 주고받다 누군가 잔뜩 취해 먼저 쓰러지면 기다렸다는 듯 한 사람씩 양옆에 몸을 포갰다.

좁아, 옆으로 좀 가.

지금도 벽에 붙어 있는데 어디로 더 가라고.

（T） 　차가운 바닥, 먼 데서 들려오는 파도 소리, 예나 지금이나 여전한 친구들. 몽롱한 눈으로 천장을 보며 우림은 좋다, 중얼댔다. 비좁은 아지트에 나란히 누워 서로 몸을 겹치고 온기를 나누다 보면 무위처럼 느껴지는 청춘이 더 이상 아깝지 않았다.

　스물세 살이 되던 신년. 세 사람은 처음으로 함께 홍대에 갔다. 계획이나 도모와 거리가 먼 그들이었지만, 그날만큼은 철저히 짜놓은 루트대로 움직였다. 서울 땅을 밟는 것도, 지하철을 타는 것도 우림에겐 전부 처음이었다. 친구들보다 한 발늦게 움직이고 이곳저곳을 두리번대며 그는 빠르고 정신없는 도시를 이채로운 듯 구경했다.

　어이 촌놈, 빨리 좀 와라.

　친구들이 먼발치서 소리쳤고, 우림은 잰걸음으로 그들을 뒤따랐다. 기세 좋게 앞선 친구들이 더없이 든든하면서도 한편으론 묘한 거리감이 느껴지기도 했다.

　그날 세 사람은 홍대에 있는 타투숍에서 우정 타투를 새겼다. '우정'이라는 단어가 어딘지 모르게 간지러웠지만, 막상 팔꿈치 위에 같은 문양의 타투를 새기고 나니 서로 이어진 듯한 느낌이 들어 흡족했다. 팔을 들 때마다 언뜻 드러나는 교묘한 위치에 타투를 새긴 것도 마음에 들었고. 한껏 들뜬 채 （P）

그들은 서로의 타투를 구경했다.

코발트블루색으로 새긴 원소기호 Co.

그것은 그들만이 공유할 수 있는 과거이자 현재이고, 미래였다.

상기된 기분으로 팔뚝을 만지작대며 그들은 홍대 앞을 누볐다. 거리는 새해를 기념하기 위해 모인 사람들로 가득했다. 이제 세 사람은 클럽에서 헤비메탈 밴드의 공연을 보고, 공연이 끝난 후에는 조현이 잘 아는 펍에서 밤새워 마실 작정이었다. 거리가 이렇게 붐비는데 클럽은 또 얼마나 성황일까. 대중적이지는 않지만 메탈 판에서는 입지를 탄탄히 다진 밴드의 공연이었고, 정규 앨범을 낸 지도 얼마 안 되어 관객도 많을 것 같았다.

자리 없으면 어떻게 하나. 예매라도 할걸.

기대 반 걱정 반으로 그들은 지하에 있는 클럽으로 향했다.

열기로 들끓을 줄 알았던 클럽은 우려가 무색할 정도로 한산했다. 열 명도 안 되는 관객 사이에 세 사람은 띄엄띄엄 섰다. 곧이어 얼굴에 희고 검은 콥스 페인팅을 한 밴드가 스테이지로 나왔고, 세 사람은 열렬히 환호했다. 그 정도로 열띤 반응을 보이는 게 자신들뿐이라 금세 겸연쩍어졌지만.

첫 곡이 시작되고 얼마 지나지 않아 두 명의 관객이 슬그머니 나갔다. 신경 쓰지 않으려 해도 어쩔 수 없이 공석이 체

(T) 감되었다. 남은 이들끼리 열심히 곡을 따라 부르며 모싱도 하고 슬램도 했으나, 분위기는 좀처럼 달아오르지 않았다. 목소리를 긁으며 포효하던 보컬도 시간이 지나자 점점 기가 죽었고, '불바다'나 '지옥' 같은 살벌한 노랫말은 어색함 속에서 무력해져 갔다.

우림은 울적한 마음으로 스테이지를 올려다보았다. 밴드의 마지막 곡은 애석하게도 매릴린 맨슨의 〈Rock is Dead〉였다. 절정에 다다르자 기타리스트는 기타 줄을 거칠게 물어뜯었는데, 회심의 퍼포먼스에도 불구하고 앙코르나 일말의 여흥조차 없이 공연은 끝이 났다.

지상에 올라오자마자 세 사람은 아무 말 없이 담배를 태웠다. 침묵 외에는 달리 공유할 만한 것이 없었다. 좌절이나 실망, 슬픔을 나누고 싶지는 않았으니까.

술이나 마시러 가자.

친구들의 말에 우림은 고개를 끄덕였다. 진탕 취하면 지금의 우울도 옅어질 것 같았다. 그 전에 담배를 사 오겠다며 조현과 시우가 잠시 자리를 비우고 우림 혼자 남았다. 밴드가 클럽을 빠져나오는 게 보였다. 짙은 콥스 페인팅을 지우고 민낯이 된 그들과 눈이 마주쳤을 때, 우림은 자기도 모르게 시선을 피했다.

공연 잘 봤다고 넉살 좋게 말을 건넸다면, 다음 앨범도 (P)

기다리겠다고 격려라도 했다면 어땠을까.

지금에서야 우림은 생각하지만, 그때는 그들이 시야에서 사라질 때까지 못 본 척 고개를 떨궜다. 밴드는 그 후 몇 차례 크고 작은 무대에 서다 이듬해 홀연히 해체했다.

친구들은 한참이 지나서야 돌아왔다. 펍으로 안내하라는 우림에게 조현은 난처한 얼굴로 말했다.

저기…… 내 동기들 불러도 되냐? 지금 이 근처라는데.

우리끼리 마시는 거 아니었어?

그렇긴 한데, 같이 놀면 재미있을 거 같아서.

설상가상 시우는 새벽에 아버지를 따라 외근을 가야 한다며 막차를 타겠다고 했다. 습관적으로 파투를 내고, 내키는 대로 계획을 변경하는 건 그들의 고질이었다. 하지만 오늘은…… 우림은 첫 서울 나들이에 들떠 새 옷을 사고 왁스로 머리를 매만지던 요 며칠을 떠올렸다. 근사한 펍에서 술을 마시고 친구의 자취방에 드러누워 밤을 지새우길 고대하던 며칠을.

조현이 물었다.

어떻게 할래? 불러도 돼?

끓어오르는 감정을 가라앉히며 우림은 그러자고 했다. 이 밤을 불쾌하게 갈무리하고 싶지 않았다.

조현의 동기들은 살가웠다. 우림과 술잔을 부딪쳐 주고 공통분모를 찾으려 이런저런 말을 주워섬겼다.

우림 씨는 어느 대학에 다녀요?

저는 대학 안 다녀요.

아…… 그럼 무슨 일 해요?

음악해요. 메탈이요.

……그렇구나.

자주 끊기는 대화, 빠르게 말끝을 돌리는 이들. 정작 우림은 무감한데도 조현의 동기들은 실언을 한 것처럼 어쩔 줄 몰라 했고, 후에는 자신들만 아는 이야기를 나누었다. 안주로 나온 눅눅한 감자칩을 주워 먹으며 우림은 조현과 동기들 틈에 서먹하게 앉아 있었다.

모두 적당히 취해갈 즈음, 동기 하나가 조현에게 물었다.

편입 준비는 잘돼가?

응. 뭐…… 그럭저럭.

조현은 답을 피하고 싶은 눈치였지만 동기는 무람없이 사정을 들추었다. 조현이 편입 시험을 준비하고 있다는 것, 벌써 두 번이나 떨어졌다는 것. 우림은 미처 몰랐던 이야기였다. 신경을 거스르는 말들이 이어짐에도 조현은

이 보 전진을 위한 일 보 후퇴지.

웃음으로 상황을 눙쳤다.

조현은 술자리가 이어지는 내내 나긋했다. 직설적으로 말을 뱉고 자존심을 굽히지 않던 지난날과는 사뭇 달랐다.

첫차 시간이 가까워지자 우림은 슬그머니 펍을 나섰다. 인적 드문 역사에서 기차를 기다리며 우림은 지난밤에 있었던 일들을 반추했다. 인파로 어지럽던 홍대 앞, 밴드의 처연한 뒷모습, 친구의 낯선 면면. 혀가 꼬인 채 작별 인사하던 것을 제하면 그 밤에는 조현과 제대로 대화조차 나누지 못했다.

허탈함을 누르며 우림은 팔뚝을 매만졌다. 타투는 여전히 선명했다.

*

2015년 12월 28일.

레미 킬미스터가 타계했고, 모터헤드는 활동 종료를 선언했다. 갑작스러운 부고가 믿기지 않아 우림은 멍하니 포털 창을 바라보았다.

우리의 한 시절이 저물었구나.

허망함을 품은 채 그는 친구들에게 메시지를 보냈다. 레미 형이 죽었대. 한참 뒤에야 답이 왔다.

나도 봤어.

무슨 일이냐 이게.

오래 애도하고 함께 마음을 추스르고 싶어 우림은 몇 마디 더 보냈지만, 돌아오는 답은 'ㅠㅠ' 그 짤막한 이모티콘이 전부였다. 얼마 지나지 않아 연애를 시작한 시우의 이야기로 화두가 옮겨갔고, 레미 킬미스터의 부고는 일순 묻혔다.

해가 바뀌자 그들은 차례차례 입대했다. 대체 복무를 노리며 늑장을 부리던 조현이 먼저 현역병이 되었고, 우림도 반년 뒤 그를 따랐다. 고교 시절 각막에 화상을 입었던 시우는 약시 판정을 받고 사회복무요원으로 일하게 되었고.

우림이 백일 휴가를 나오던 날, 그들은 모처럼 일정을 맞춰 아지트에 모였다. 군기가 바짝 든 우림과 그런 우림 앞에서 기강을 잡는 조현, 반삭의 친구들을 비웃는 장발의 시우. 군대와 취업, 요즘 활약하는 걸 그룹에 대해 시우와 조현은 열띠게 토론했다. 그 틈에서 할 말을 고르다 우림은 넌지시 이야기했다.

내가 만든 곡 들어볼래? 아직 리프를 다 짜진 못했는데…….

요즘도 작곡하냐? 군대에서도 그게 돼? 신기하네.

친구들은 우림의 자작곡을 반쯤 듣고는 미온한 감상을 보냈다. 좋네. 괜찮네. 그게 끝이었다. 우림이 메탈을 논하거나 과거사를 들출 때마다 그들은 슬며시 화제를 돌렸다. 훈련소 일화나 개인 정비 시간마다 틈틈이 하는 자격증 공부, 관물대에 붙여놓은 트와이스 사진. 트와이스 좋지. 공감을 표하면서도 우림은 친구들의 대화에 온전히 녹아들지 못했다.

술이 떨어져 갈 즈음, 우림이 말했다.

간만에 밤바리나 뛸까.

돌았냐. 군복 입고 운전하면 영창이야.

친구들은 손을 내저으며 만류했지만, 술이 조금 더 오르
자 들키면 영창 가지, 싶은 마음으로 오토바이에 올랐다.

늘 그랬듯 그들은 해안도로를 달렸다. 여름이지만 밤공
기가 찼다. 거센 해풍이 얼굴을 때렸고 옷깃을 거칠게 잡아끌
었다. 한때는 동네 사람들을 다 깨울 것처럼 비명을 내지르고
핸들을 이리저리 꺾으며 반동을 즐겼으나, 이제 누구도 그것
에 감흥을 느끼지 않았다. 감속하고 몸을 사리며 슬렁슬렁 도
로를 누빌 뿐이었다.

만조에 가까워지자 세 사람은 방파제에 자리를 잡고 미
지근한 맥주를 마셨다. 졸업을 하고 5년이 지났는데도 마을은
그대로였다. 촌스러운 간판을 단 횟집과 누렇고 탁한 바다, 살
오른 갈매기. 그 불변이 반갑기보다는 도리어 쓸쓸하고 초라
하게 느껴졌다.

여긴 아직도 이 모양이네. 발전도 없고.

맥주 캔을 우그러트리며 조현은 말했다.

너네 계속 여기서 살 거냐? 이 좁아터진 동네에서?

도태, 불모, 타성 같은 단어를 섞으며 조현은 쇠락해 가
는 동네를 신랄하게 염세했다. 다 때려치우고 서울로 오라 말
하기도 했다.

올라와서 뭐라도 해라. 여기 무슨 미래가 있냐. 곧 망할 것 같은 동네에.

속없이 웃는 시우와 달리 우림의 마음은 수도 없이 곤두박질쳤다. 말끝에 묻은 비관이 자신을 건드리는 것 같았다. 너한테 무슨 미래가 있냐. 되지도 않는 음악이나 하면서 평생 살아. 조현의 말을 곡해하다 우림은 쏘아붙였다.

넌 거기서 뭐 대단한 거라도 했냐? 실패밖에 더 했어?

무슨 소리야?

우림은 조현의 동기들이 했던 이야기를 기어이 들추어 냈다. 시우는 어안이 벙벙해진 채 두 사람을 번갈아 보았다. 조현의 얼굴이 일그러지는데도 우림은 거침없이 난폭한 말을 쏟아냈다.

왜 우리한테는 편입 준비한다는 얘기 안 했냐? 쪽팔렸냐?

금방이라도 주먹이 오갈 것 같았다. 일촉즉발의 상황에서 먼저 몸을 뺀 건 조현이었다. 꽉 쥐고 있던 주먹을 풀고 그는 어이없다는 듯 웃었다. 그가 말했다.

이럴 줄 알고 말 안 한 거야. 이럴 줄 알고.

한심해하는 얼굴로 우림을 바라보다 조현은 등을 돌렸다. 대강 상황을 파악한 시우가 한숨을 쉬었다.

니들은 무슨 만날 때마다 이러냐. 난 이제 모르겠다. 둘이 알아서 해.

더 이상 관여하고 싶지 않다며 시우도 자리를 뜨고 우림만 남았다. 가로등 없는 도로를 홀로 걷다 우림은 아지트에 다다랐다. 먼지 쌓인 드럼세트, 군데군데 떨어져 나간 흡음 스펀지, 곰팡이 냄새. 동이 틀 때까지 사사로운 이야기를 나누고, 메탈을 듣고, 희미한 전류를 느끼며 나른한 희열을 느끼던 지난날이 문득 떠올랐다.

우림은 조현에게 전화를 걸었다. 한동안 신호음이 이어졌다. 조현이 전화를 받고 시큰둥한 목소리로 할 말 없냐? 물으면 이 일도 대수롭지 않게 넘길 수 있을 것 같았다. 다시 안 볼 것처럼 치고받다가도 반나절이면 무슨 일 있었냐는 듯 반죽 좋게 농담을 주고받곤 했으니까. 우리는 그런 사이였으니까. 우림은 생각했다.

하지만 조현은 끝내 우림의 전화를 받지 않았다.

＊

제대를 하고 2년간 우림은 낮에는 펜션 청소를 하고, 밤에는 사이버대학에 다니며 경영학 학위를 취득했다. 음악은 거의 듣지 않았고, 더 이상 데모 앨범도 만들지 않았다. 기타도 치지 않았지만 간혹 어머니의 간곡한 권유에 못 이겨 교회 밴드부에서 찬송가를 연주하기는 했다.

아드님이신가? 요즘은 무슨 일을 하시나?

알은체하는 신도들에게 어머니는 우림을 촉망받는 경영학도라 소개했다. 어느 대학을 졸업했냐 물으면 저기 어디, 하며 어물쩍댔고.

사업가가 되시겠네.

사족을 얹는 이들에게 어머니는 소곤소곤 일렀다.

안 그래도 애가 요즘 사업을 준비하고 있어요.

가업을 이어받을 요량으로 학위를 땄으니 영 틀린 말은 아니었지만, 십자가 앞에서 눈 하나 깜짝 않고 낭설을 퍼트리는 어머니를 보고 있으면 공연히 죄책감이 들었다.

헤비메탈을 연주하던 기타로 우림은 복음성가의 반주를 맡았다. '사랑은 허구'[*] 라 내지르는 대신 '사랑은 오래 참고 사랑은 온유하며'를 읊조리다 보면 과거의 자신이 허상처럼 느껴졌다. 코발트빛 꿈을 꾸던 소년들도, 그들이 수시로 드나들던 아지트도 죄다 허구 같았다. 이제는 아무도 들추어보지 않는, 시시하고도 속된 이야기.

외벽이 녹슨 아지트는 시우의 낚시 창고로 사용되고 있었다. 기타 스탠드에는 낚싯대가 걸렸고, 앨범을 꽂아두던 책꽂이는 릴과 찌를 보관하는 용도로 쓰였다. 저것 좀 치우라며

---

[*] 모션리스 인 화이트의 곡 〈Another Life〉.

핀잔하던 우림도 이제는 그러려니 방임했고, 할 일 없는 주말에는 시우와 바다낚시를 가기도 했다.

방파제 한편에 자리를 잡고 시우와 우림은 해수의 흐름이 잔잔해지길 기다렸다. 만조였다. 검고 어두운 바다에 채비를 던져 넣고 두 사람은 시시콜콜한 이야기를 나누었다. 돈과 생업, 얼마 전 헐값에 처분한 오토바이. 한때는 근사해 보였지만 시간이 지나며 희미하고 지저분해진 타투.

난 살에 파묻혀서 잘 보이지도 않는다.

몇 년 사이 시우는 살이 많이 쪘고, 결혼을 해 아이도 낳았다. 또래보다 일찍 걸음마를 뗀 아이가 그 무렵 시우의 유일한 관심사이자 자랑이었다. CD를 팔아 유아용 카시트를 구입하고, 메탈 대신 〈상어 가족〉을 흥얼대는 친구가 못마땅하던 때도 있었으나, 그것도 다 옛일이었다.

어느 순간부터 메탈은 그들에게 금기가 되었다. 과거사도 마찬가지였고. 하지만 찌도 움직이지 않고 화젯거리도 소진되면 누군가 넌지시 다 지나간 옛이야기를 꺼내곤 했다.

그때 우림이 네가 맥주 훔쳐 와서 나눠 마셨던 거 기억나나?

훔친 거 아냐. 주워 온 거지.

그 맥주 참 달았는데. 그때 너랑 조현이랑 치고받아서 이 형님이 말리느라 진 뺐잖냐.

한참 떠들다가도 조현의 이름이 나오면 별안간 대화가 끊겼고, 침묵이 흘렀다.

우림의 표정을 살피며 시우는 조심스레 물었다.

아직도 연락 안 하냐?

조현이 오랜 취업 준비 끝에 공기업에 입사했다는 것을, 대학 시절 연인과 결혼을 앞두고 있다는 것을 시우는 슬그머니 흘렸다.

아직 청첩장은 안 나온 것 같더라. 그 전에 화해하면 어 떠냐. 내가 자리라도 만들면…….

시우의 말이 끝나기도 전에 우림은 소리쳤다.

됐어. 그 새끼 소식 안 궁금해.

말은 그렇게 했지만, 우림은 간간이 메신저 프로필을 통해 조현의 근황을 살피곤 했다. 조현의 프로필을 장식하던 메탈리카의 앨범 재킷이 사라진 것도, 그가 타투를 지운 것도 전부 알고 있었다. 시우에게는 말하지 않았지만, 조현의 합격과 결혼 소식도 알고 있었다. 그 소식을 가장 먼저 축하하고 무운을 빌어주고 싶었던 이가 자신이었다는 것도.

느슨했던 낚싯줄이 돌연 팽팽해졌다.

야, 잡혔나 보다.

시우가 외쳤다. 묵직했다. 우림은 왼손에 낚싯대를 끼고 얼레를 살짝 풀었다가 줄을 감았다. 무게만으로는 무엇이 낚였을지 좀처럼 가늠할 수 없었다. 은빛 비늘을 품은 대어일지, 다 녹슨 해양 쓰레기일지. 어두운 수면 아래 천천히 모습을 드러내는 그것을 기다리며 그는 낚싯대를 힘껏 당겼다.

몇 달 뒤 일요일, 우림은 아지트로 향했다. 그는 문을 활짝 열어젖힌 채 벽면에 붙은 흡음 스펀지와 들창을 가리고 있던 빛바랜 포스터를 떼어냈다. 감도가 떨어져 밟아도 진동이 울리지 않는 베이스 드럼, 귀퉁이가 깨진 심벌까지 전부 밖으로 옮기자 그제야 한 짐 던 것처럼 홀가분해졌다.

이렇게 간단한 일을 왜 지금껏 미뤄왔을까.

그 이유를 우림은 알고 있었지만, 굳이 복잡하게 마음 쓰지 않기로 했다. 어찌 되었든 2주 뒤면 그는 이곳을 떠나 남해로 갈 터였다. 그곳에 일찌감치 자리 잡은 형이 내려오길 권유했고, 우림은 큰 고민 없이 낙향을 결정했다. 객년과 금년, 불황이 지속되며 동네의 숙박업소들이 줄줄이 문을 닫았다. 우림의 가정이라고 예외는 아니었다. 2대째 이어온 가업을 접을 수 없다며 버티던 부모도 피서 철 벌이가 적자로 이어지자 이내 손을 놓았다. 그래, 언젠간 뜨고 싶은 동네였으니까. 담담히 마음을 추스르며 우림은 아지트를 청소했다.

마지막으로 책꽂이를 들어내고 그 안에 꽂혀 있던 앨범들을 하나하나 정리할 때, 우림의 가슴속에서 뜨거운 무언가가 일렁였다. 람슈타인, 모터헤드, 주다스 프리스트……. 잊고 싶었지만 깊숙이 잔존해 있던 여러 겹의 기억. 귓가로 흘러 들어와 온몸을 한 바퀴 훑고서도 빠져나가지 않던 격렬한 열기. 어둠 속에 무엇이 있는지 두려워하지 않고 한길을 내달리고 같은 꿈을 꾸던 소년들…….

우림은 휴대폰 연락처를 뒤졌고, 망설이다 통화 버튼을 눌렀다. 4년 만이었다. 신호가 가는 것을 들으며 그는 천천히 숨을 들이쉬었다.

이 누추한 도주를 언젠간 용서할 수 있을까.

생각하며 우림은 눈을 감았다. 먼 데서 고요히 파도 소리가 들려왔다.

S

E

누군가와 교분을 쌓으면 그와 어울리는 음악을 남모르게 선별하곤 한다.

어디서나 주목받는 A는 빅밴드와 잘 어울리는 사람인 것 같아, B는 성정이 부드럽고 찬찬하니 라벨의 피아노곡이 어울리겠군, 하는 식으로.

소설 속 인물에 있어서도 예외는 아닌데, **ESTP**인 우림과 조현, 시우는 메탈과 비슷한 속성을 지녔을 거라 추측했다.

데일 듯 뜨거운 열정, 현실을 유감없이 누리는 호쾌함, 썩지도 녹지도 않는 단단한 의리.

소설을 쓰며 메탈을 자주 들었다. 주다스 프리스트부터 레이지 어게인스트 더 머신까지. 평소 메탈을 들으며 스트레스를 해소하곤 하는데, 이 소설을 쓰면서는 메탈을 들어도 우울이 덜어지지 않고 도리어 더 슬프고 쓸쓸해졌다.

아마 한때 사랑했지만, 이제는 홀연히 사라진 것들이 떠올라 그런 것 같다. 여름과 닮아 있던 인디밴드, 발길이 닿는 대로 찾았던 일식당, 오래오래 선명할 줄 알았으나 시간이 지나 희미해지고 변색된 관계.

영원할 줄 알았던 것들은 왜 이리 금세 퇴색되는 걸까. 곁을 떠나는 걸까.

이 소설을 읽는 이들에게도 그런 것들이 있을 거라 여긴다. 사람일 수도, 관계일 수도, 혹은 꿈일 수도 있는.

영원할 줄 알았지만 지금은 내게서 멀어져버린 것들.

무엇이 되었든 그것으로부터 도망쳤다는 마음은 들지 않기를, 우리의 빛나는 순간들이 어딘가에선 영원히 녹슬지 않고 오래도록 빛나기를.

성해나 소설집 《빛을 걷으면 빛》과
장편소설 《두고 온 여름》이 있다.

뜻밖의 동행, 이런 하모니

기준영

¹ 작품 속 인물의 **MBTI**와 작가님의 실제 **MBTI**는 같을까요? 다르다면, 작가님의 실제 **MBTI**는 무엇인가요?

수개월에 걸쳐 두 번 테스트해 봤는데, 다른 유형이 나왔어요. 누군가 제게 **MBTI**가 어떻게 되냐고 물어오면 첫 테스트 결과인 **INFP**라고 대답하곤 합니다. 그게 저를 효과적으로 소개할 수 있는 대답이라서는 아니고, 제가 좋아하는 배우 조승우 님이 이 유형이라고 해서 '나도 그렇게 나왔었는데' 반색했던 기억이 남아 있기 때문이에요. 저는 인간은 훨씬 더 복잡하고 기이한 존재라고 생각하기를 좋아합니다. 창작자이니까요.

2 작가님의 **MBTI** 소개 문구를 바꿀 수 있다면 뭐로 바꾸시겠어요?

 INFP 열정적인 중재자 → 열정적인 탐색자.

직관적이고 모험을 즐기나, 남을 배려하는 성향도 강해서 매사 끼를 다 발휘하지는 않는 내향적인 사람들이 이 유형에 속하지 않을까 싶은데요. 오감을 열어 주변과 자신을 탐색하는 사람들.

3 **ESTJ**(경영자)의 소개 문구를 바꿀 수 있다면 뭐로 바꾸시겠어요?

 합리적인 조율사.

난감한 상황에서도 해야 할 일들을 민첩하게 점검하는 사람, 최적의 동선과 최선의 화음을 찾아가는 데에 우선 감응하고 집중하는 사람들을 떠올립니다.

4 곽수산나(**ESTJ**)의 특성 중 나(**INFP**)와 이건 좀 닮았다, 이건 진짜 다르다고 생각하는 점이 있다면 각각 무엇일까요?

 은수가 남의 집 마당에서 처음으로 자기 가족 이야기를 곽수산나에게 털어놓는 장면이 있는데, 그때 곽수산나가 그 이야기의 골자를 머릿속으로 정리하는 와중에도 은수

의 청초한 아름다움을 놓치지 않고 바라보는 엉뚱한 면
모를 보여요. 그게 저랑 닮았고요, 처음 들어선 장소에
서 이란성쌍둥이 남매를 발견했을 때 별 관심을 보이지
않는 면은 저랑 완전히 다른 점이에요. 전 그분들을 졸졸
쫓아다니면서 이야기를 더 들었을 거예요. 집에 와서는
매우 신이 난 상태로 그림일기도 썼을 듯합니다.

5 아는 사람이 없는 파티에 참석한 상황, 나(**INFP**)와 곽수산나
(**ESTJ**)는 각각 어디에서 무엇을 하고 있을까요?

저는 음료수를 챙겨 창가로 가서 장내 분위기를 살피며
사람들을 구경할 것 같고, 곽수산나는 호스트를 찾아가
오늘 온 사람들이 누구누구인지, 케이터링 업체는 어느
곳을 이용한 것인지 알아낼 것 같네요. 그다음 벌어질 일
들은 전적으로 우연에 맡기겠어요. 파티니까.

6 곽수산나(**ESTJ**)의 한 능력을 한 번 빌릴 수 있다면, 언제, 어떤
능력일까요?

곽수산나는 미더운 사람이니까요, 같이 해외로 나가 여
행을 해보고 싶습니다. 무슨 일이 벌어지든 크게 한 번

의지하게 될 듯.

7   긴장되고 두려운 일을 앞두고 있다면 어떻게 대처하시나요? 또 곽수산나(**ESTJ**)라면 어떻게 할까요?

저는 보통 클래식 음악을 틀어놓고 '해야 하는 일'과 그걸 위해 '당장 할 수 있는 일' 리스트를 적어본 뒤 하나씩 행하고 지워나갑니다. 그래도 불안하고 근심스럽다면 커피를 마시고 밤을 새워가며 나름 대비책을 마련해 보려 할 거예요. 곽수산나 역시 리스트 만들기와 지우기를 할 듯한데, 그는 자정 전에도 해결 안 된 문제가 있다면 참고할 자료 목록이나 조언을 구할 사람들 명단을 추가 작성해 놓고는 그 시점에서의 최선의 시뮬레이션을 마치고서 일단 내일을 위해 온열 안대를 하고서 잠이 들 것 같아요.

8   끝으로, 지금 곽수산나(**ESTJ**)와 내(**INFP**)가 만났다면 어떤 대화를 나누고 있을까요?

근황을 주고받은 후에 탭댄스를 함께 춰보는 쪽으로 제가 유도해 보겠어요. 동영상으로도 남기고요. 참, 은수

연락처도 물어볼까 봐요. 최근에 제 어머니가 기타를 배

워보고 싶다고 하셨거든요.

미움받을 용기가 차고 넘친다

서수진

---

1 작품 속 인물의 **MBTI**와 작가님의 실제 **MBTI**는 같을까요? 다르다면, 작가님의 실제 **MBTI**는 무엇인가요?

  저는 **ENFJ**입니다. E가 만점에 가까운 외향이라 사람을 무척 좋아합니다. N 역시 90퍼센트가 넘어서 망상이 일상입니다. 현실감각은 전혀 없습니다. F와 J는 그리 크지 않습니다만, 힘든 일을 토로할 때마다 남편이 자꾸 해결책을 주려는 게 짜증 나는 걸 보면 F가 맞는 것 같고, 가족 여행을 앞두고 동생이 제게 여행 일정 관련 전화 좀 작작하라고 하는 걸 보면 J가 맞는 것 같습니다.

2 작가님의 **MBTI** 소개 문구를 바꿀 수 있다면 뭐로 바꾸시겠어요?

  '정의로운 사회운동가'에서 '정의'를 빼야 하지 않을까 생각합니다. 저는 정의로 움직이는 사람이 아닙니다. 제게는 정의 대신 사랑이 필요해요. 사랑을 주는 일과 사랑을 받는 일이 아주 중요합니다. '사랑받는 사회운동가'는 어떨까요? 훨씬 따뜻하지 않나요? **ENFJ**는 아주 따뜻하답니다.

3 **ENTJ**의 소개 문구(통솔자)를 바꿀 수 있다면 뭐로 바꾸시겠어요?

ENFJ에서 뺀 '정의'를 여기에 넣어야 할 것 같아요. **ENTJ**는 정의롭고 올바른 사람이라고 생각합니다. 그렇다고 '정의로운 통솔자'라는 말은 맞지 않는 것 같아요. **ENTJ**는 통솔에 뛰어나지만 통솔을 하려고 나서지는 않는 것 같거든요. '정의로운 워커홀릭'은 어떤가요? 워커홀릭이 아닌 **ENTJ**를 본 적이 없습니다.

4 현아(**ENTJ**)의 특성 중 나(**ENFJ**)와 이건 좀 닮았다, 이건 진짜 다르다고 생각하는 점이 있다면 각각 무엇일까요?

목표를 향해 나아가는 추진력은 저와 비슷한 것 같습니다. 목표를 달성하는 데 방해가 되는 장애물이 나타났을 때 망설임 없이 쳐내는 건 저와 다릅니다. 저는 변수에 많이 휘둘립니다.

5 아는 사람이 없는 파티에 참석한 상황, 나(**ENFJ**)와 현아(**ENTJ**)는 각각 어디에서 무엇을 하고 있을까요?

 저는 빈틈을 노릴 거예요. 베란다에 나가서 담배를 빌리며 말을 건다든지(저는 담배를 피우지 않습니다만 이건 비상 상황이니까요), 파티장에서 혼자 있는 사람에게 가서 말을 건다든지, 술과 음식을 제공하는 곳이 있다면 그곳에서 술과 음식을 집으며 옆의 사람에게 말을 걸 거예요. 그래서 결국엔 섞여들겠고, 새로운 친구들과 어울리겠고, 중앙에서 춤을 추게 될 겁니다. 현아라면 저처럼 혼자가 되지 않기 위해 사력을 다하지는 않을 것 같습니다. 자신이 호감이 가는 사람에게 접근할 것 같고, 그게 여의치 않다면 그저 음식을 먹고 술을 마시면서 사람들을 둘러볼 것 같아요.

6 현아(**ENTJ**)의 한 능력을 한 번 빌릴 수 있다면, 언제, 어떤 능력일까요?

   미움받을 용기. 나를 미워하면 그건 너에게 문제가 있는 것이다, 이런 식의. **ENFJ**인 저에게는 초능력처럼 느껴지는. 초연할 수 있는 마음.

7 긴장되고 두려운 일을 앞두고 있다면 어떻게 대처하시나요? 또 현아(**ENTJ**)라면 어떻게 할까요?

   저는 긴장되고 두려운 일을 앞두고 긴장하고 두려워합니다. 현아는 투덜거리면서도 일을 잘 치르고 한참이 지나서 몸이 아플 것 같네요.

8 끝으로, 지금 현아(**ENTJ**)와 내(**ENFJ**)가 만났다면 어떤 대화를 나누고 있을까요?

현아가 지금 호주 이민에 관심이 있으니 저의 지인들이 겪은 호주 이민에 대해 다채롭게 전해줄 것 같아요. 현아가 굳이 요구하지 않아도 제 영주권 준비 자료를 건네주고, 참고하면 좋은 웹사이트를 알려주고, 비슷한 상황의 지인의 연락처를 가르쳐줄 거예요. 지인과 통화를 하면서 현아의 이야기를 한바탕하고, 나중에 현아와 같이 보자고 날을 잡을 거예요. 저는 친구와 친구를 연결해 주면서 엄청 신이 날 테고, 현아도 유용한 정보를 적극적으로 제공하는 사람을 만난 것에 기뻐하면서 같이 즐겁게 술을 들이켤 것 같습니다.

우리는 서로가 외로운 사람들

서유미

---

1 작품 속 인물의 **MBTI**와 작가님의 실제 **MBTI**는 같을까요? 다르다면, 작가님의 실제 **MBTI**는 무엇인가요?

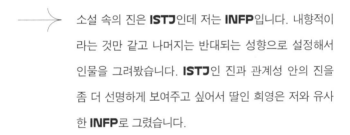

소설 속의 진은 **ISTJ**인데 저는 **INFP**입니다. 내향적이라는 것만 같고 나머지는 반대되는 성향으로 설정해서 인물을 그려봤습니다. **ISTJ**인 진과 관계성 안의 진을 좀 더 선명하게 보여주고 싶어서 딸인 희영은 저와 유사한 **INFP**로 그렸습니다.

2 작가님의 **MBTI** 소개 문구를 바꿀 수 있다면 뭐로 바꾸시겠어요?

INFP 열정적인 중재자 → 평화로운 개인주의자.
남에게 피해를 주지 않고 아무도 나를 건드리지 않는 곳에서 조용히 좋아하는 일(별거 없음)을 하며 살고 싶습니다. 이따금 좋아하는 사람들도 만나고요.

3 **ISTJ**(현실주의자)의 소개 문구를 바꿀 수 있다면 뭐로 바꾸시겠어요?

 현실의 수호자. **ISTJ**들이 현실과 일상을 지켜주고 있다고 생각합니다.

4 진(**ISTJ**)의 특성 중 나(**INFP**)와 이건 좀 닮았다, 이건 진짜 다르다고 생각하는 점이 있다면 각각 무엇일까요?

진이라는 인물을 만들 때 계획적이고 청소와 정리 정돈을 잘하고 부지런한 사람을 떠올렸습니다. 저는 청소와 정리가 귀찮고 힘들어서 큰맘 먹고 하는 사람이라 집에 놀러 가면 모든 공간이 깨끗하게 정리되어 있는 분들이 늘 부러웠습니다.

진과 제가 닮은 점이라면 여행 갈 때 책을 챙겨 가고 노트에 해야 할 일을 적어두는 것 정도일 것입니다. 저는 센 파도를 맞는 걸 좋아하지만 해변에 우두커니 앉아 있는 것도 좋아합니다.

5 아는 사람이 없는 파티에 참석한 상황, 나(**INFP**)와 진(**ISTJ**)은 각각 어디에서 무엇을 하고 있을까요?

> 저는 집에 가버릴까 진지하게 고민하다가 저처럼 혼자 있는 사람을 찾아 스몰토크를 나눌 것 같아요. 어쩌면 저와 이야기 나누는 사람이 진일지도 모르겠군요.

6 진(**ISTJ**)의 한 능력을 한 번 빌릴 수 있다면, 언제, 어떤 능력일까요?

> 역시 청소입니다. 지저분한 책장과 책상, 옷장을 보며 주말에 치울 거야, 다음 주에 치울 거야, 미루지 않고 말끔하게 정리해 버리고 싶어요.

7 긴장되고 두려운 일을 앞두고 있다면 어떻게 대처하시나요? 진(**ISTJ**)이라면 어떻게 할까요?

> 저는 끝난 뒤에 만나게 될 달콤한 휴식을 그려봅니다. 마음이 자꾸 그쪽으로 쏠려요. 진이라면 차분하게 계획을 세우고 열심히 준비하고 딴생각에 매이지 않을 것 같아요.

8 끝으로, 지금 진(**ISTJ**)과 내(**INFP**)가 만났다면 어떤 대화를 나누고 있을까요?

 진과 인생의 일탈에 대해 이야기 나누어보고 싶어요. 어떤 규칙을 어기거나 울타리 밖으로 나가본 적이 있는지. 현실과 일상의 수호자들에게도 그런 경험은 있겠지요.

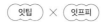

망설임 없이 My Way 하기

서장원

---

1 작품 속 인물의 **MBTI**와 작가님의 실제 **MBTI**는 같을까요? 다르다면, 작가님의 실제 **MBTI**는 무엇인가요?

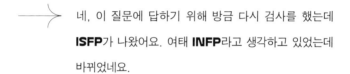 네, 이 질문에 답하기 위해 방금 다시 검사를 했는데 **ISFP**가 나왔어요. 여태 **INFP**라고 생각하고 있었는데 바뀌었네요.

2 작가님의 **MBTI** 소개 문구를 바꿀 수 있다면 뭐로 바꾸시겠어요?

모험가 → '그럴 수 있다' 주의자.

3 **ISTP**(장인)의 소개 문구를 바꿀 수 있다면 뭐로 바꾸시겠어요?

단 하나의 재료로 만들어진, 멋진 도구. 간결한 태도로

지리멸렬한 삶을 격파할 수 있는 분들이라고 생각했습니다.

4 영진(**ISTP**)의 특성 중 나(**ISFP**)와 이건 좀 닮았다, 이건 진짜 다르다고 생각하는 점이 있다면 각각 무엇일까요?

영진은 단단한 사람이라고 생각해요. 누군가 자신을 나쁘게 평가하거나 싫어해도, 자신이 옳다고 믿는 바를 관철하는 사람이죠. 사실 저는 눈치를 많이 보고 누가 날 싫어하는 상황을 두려워하는 편이라 영진이 부러워요. 공통점이라면 사교적이지 않고 혼자 있는 걸 좋아하는 사람이란 점이에요. 그리고 영화 취향도 겹치네요.

5 아는 사람이 없는 파티에 참석한 상황, 나(**ISFP**)와 영진(**ISTP**)은 각각 어디에서 무엇을 하고 있을까요?

저는 그런 파티에 가지 않습니다. 이 질문을 받고 곰곰이 생각해 봤는데 실제로 가본 적도 없네요. 만약 가게 된다면 조용히 집에 갈 것 같네요……. 영진도 아마 흔쾌히 참석할 것 같지는 않지만, 원하는 바가 있으면 가보지 싶어요. 영진은 저처럼 다른 사람들의 시선을 의식하지 않을 것 같습니다. 말 걸고 싶은 사람에게 다가간다거나 칵테일을 마신다거나 하겠죠. 그리고 재미없어지면 적당히 혼자 있을 곳을 찾거나 집에 갈 것 같아요.

6 영진(**ISTP**)의 한 능력을 한 번 빌릴 수 있다면, 언제, 어떤 능력일까요?

 생각하지 않는 능력이요. 저는 영진이 복잡하지 않은 생각 회로를 가지고 있는 사람이라고 생각했어요. 작중 '나'의 말처럼 좋다, 싫다 표현이 분명하고, 다른 사람의 말에 대해서도 깊게 생각하지 않고 문자 그대로 받아들이죠. 그런데 저는 그렇지 않거든요. 다른 사람의 말에 대해서 다양한 함의를 생각하고 추측해요. 아마 그 과정에서 타인의 말을 꼬아 듣거나, 오독하는 경우도 많겠죠. 원래도 소심하고 예민한 면이 있었지만, 소설을 쓰면서 이런 성향이 더 심해졌어요. 아마 제 소설의 이야기와도 관련이 깊을 것 같은데요. 제 소설은 지나간 일을 돌이켜보고 거기에서 새로운 의미를 찾아내는 이야기가 많아요. 그러니 제가 더 그런 사람이 될 수밖에 없죠. 하지만 저도 영진처럼 생각할 수 있으면 좋겠어요.

7 긴장되고 두려운 일을 앞두고 있다면 어떻게 대처하시나요? 또 영
진(**ISTP**)이라면 어떻게 할까요?

저는 극단적이에요. 할 수 있는 한 안 하고, 해야 한다면
준비를 많이 해둡니다. 그래서 긴장되는 일을 준비 없이
해야 할 때 스트레스를 받곤 해요. 영진이라면 저보다 긴
장을 덜할 것 같아요. 하지만 대처법은 저와 비슷하지 싶
네요.

8 끝으로, 지금 영진(**ISTP**)과 내(**ISFP**)가 만났다면 어떤 대화를 나
누고 있을까요?

서장원 영진 씨, 너무 괴롭혀서 미안해요. 이상한 대표
있는 회사에 취업시키고, 직장 내 괴롭힘까지 당하게 하
고, 또 실직자로 만들고……. 정말 면목이 없어요. 제가
정말 그러지 않으려고 했는데…….

영진 아, 네. 괜찮아요.

성해나

---

1 작품 속 인물의 **MBTI**와 작가님의 실제 **MBTI**는 같을까요? 다르다면, 작가님의 실제 **MBTI**는 무엇인가요?

> 전혀 다릅니다. 제 **MBTI**는 **INFJ**인데요. 저와 정반대의 성향을 지닌 인물을 그리고 싶어 **ESTP**을 택했습니다.

2 작가님의 **MBTI** 소개 문구를 바꿀 수 있다면 뭐로 바꾸시겠어요?

> '통찰력 있는 선지자'라는 **INFJ**의 소개 문구가 상당히 마음에 들기에 바꾸고 싶지는 않지만, 제 식대로 바꿀 수 있다면 안토니오 카를로스 조빔의 음악을 차용해 '한 음을 지닌 보사노바형'으로 바꾸고 싶어요.
>
> **INFJ**의 근간은 묵묵함과 심플함인 것 같아요. 자신만의 철칙이 분명해 초심을 쉽게 잃지 않고, 계획적이고 균

181

형 잡힌 삶을 고수하니까요. 나긋하고 잔잔한 보사노바의 선율과 **INFJ**의 분위기가 어느 정도 닿아 있다고 여겨요.

3 **ESTP**(사업가)의 소개 문구를 바꿀 수 있다면 뭐로 바꾸시겠어요?

이 역시 음악을 예로 들고 싶어요. '뚝딱거려 매력적인 트랜스코어형'이라 칭할 수 있을 것 같습니다.

트랜스코어는 일렉트로닉 뮤직과 메탈이 결합된 장르예요. 소설을 쓰며 **ESTP**에 관해 나름 조사를 해봤는데, 입력을 해야 출력이 가능한 AI 같은 유형이라고 하더라고요. 타인에게 뜨거운 호응이나 공감을 해주지도 매번 냉철하고 이성적 판단을 내리지도 못하지만, 자신이 살아오며 터득한 입력값들로 상황을 유연하게 풀어가는 유형이 **ESTP**인 것 같아요.

그 때문에 **ESTP**의 삶은 입력-출력으로 다채로운 사운드를 만들어나가는 트랜스코어 뮤직과 비슷하다고 생각합니다. 처음 접하는 이들에겐 조금 이질적으로 느껴질 수도 있지만, 한번 빠지면 출구를 찾을 수 없는 것도 트랜스코어 뮤직과 **ESTP**의 공통점 같네요.

4 우림(**ESTP**)의 특성 중 나(**INFJ**)와 이건 좀 닮았다, 이건 진짜 다르다고 생각하는 점이 있다면 각각 무엇일까요?

사랑을 포기하지 않고 굳건히 유지하려는 마음. 늘 어렵지만, 저 역시도 그 마음을 놓지 않으려 해요. 사람을 향한 감정이든 대상을 향한 애정이든 오해와 곡해로 종결되는 사랑 뒤에는 고독과 죄스러움만 남는 것 같아 쉽게 놓아버리지 못하는 것 같아요. 그게 우림과 저의 공통분모인 것 같습니다.

차이점이라면…… 우림이 지극히 외향적이라는 것이겠지요. 내향형 인간인 저와는 다르게요. 저도 고등학생 때 밴드부를 했던 경험이 있는데, 보컬이나 기타 대신 드럼 포지션을 맡았어요. 뒤에서 받쳐주며 리듬을 쌓아가는 게 저와 잘 어울린다는 생각이 들어서요. 드럼이라는 타악기가 매력적이기도 했지만요. 무대의 중심에 서는 건 제겐 버거운 일이에요.

5 아는 사람이 없는 파티에 참석한 상황, 나(**INFJ**)와 우림(**ESTP**)은 각각 어디에서 무엇을 하고 있을까요?

제 바람이지만 음악이 있는 파티라면, 그 밤의 주인공은 우림이 되길 바라요. 우림은 친구들과 무대에서 직접 작사 작곡한 노래를 부르고, 저는 뒤편에 서서 그의 음악을 감상하고, 간간이 어깨도 들썩이며 (차마 스캥킹은 못 하겠지만) 호응하겠죠. 무대에서 내려오는 우림에게 잘 들었다고, 계속 좋은 음악을 만들어달라고 소소한 격려도 하고 싶고요.

6 우림(**ESTP**)의 한 능력을 한 번 빌릴 수 있다면, 언제, 어떤 능력일까요?

삼치기……? 불법이기는 하지만 한 번쯤은 우림, 시우, 조현 같은 친구들과 한 오토바이에 나란히 올라 해안도로를 달리고 싶어요. 부박하고 녹록치 않은 현실은 저편에 밀어두고 아무런 근심 없이요.

7 긴장되고 두려운 일을 앞두고 있다면 어떻게 대처하시나요? 우림(**ESTP**)이라면 어떻게 할까요?

저는 계획을 촘촘히 짭니다. 돌발 상황이나 최선, 최악까지 시뮬레이션하고 일을 해야 긴장이 풀려요. 저와 달리 우림은 긴장을 안 할 것 같아요. 죽이 되든 밥이 되든 일단 해보자, 외치며 돌격할 것 같습니다.

8 끝으로, 지금 우림(**ESTP**)과 내(**INFJ**)가 만났다면 어떤 대화를 나누고 있을까요?

저와는 정반대의 성향을 지닌 사람이지만, 우림을 그리며 제 취향이나 경험을 일부 반영했어요. 이 사람은 어떤 음악을 좋아할까, 어떤 관계를 지향하고 어떤 꿈을 품을까 질문하면서요.

음악과 꿈에 대한 대화를 나누는 것만으로도 그와 밤을 지새울 수 있을 것 같아요.

저는 MBTI
잘 몰라서…

발행일 2023년 4월 24일 초판 1쇄

지은이 기준영·서수진·서유미·서장원·성해나
편집   이해임·김준섭·최은지
디자인 이지선
제작   영신사

펴낸곳 읻다
발행인 김현우
등록   제2017-000046호. 2015년 3월 11일
주소   (04035) 서울시 마포구 양화로 11길 64, 401호
전화   02-6494-2001
팩스   0303-3442-0305
홈페이지 itta.co.kr
이메일   itta@itta.co.kr

ISBN 979-11-89433-43-7 04810
ISBN 979-11-89433-65-9 (세트)